集英社オレンジ文庫

平安あや解き草紙

～その後宮、百花繚乱にて～

小田菜摘

本書は書き下ろしです。

CONTENTS

イラスト／シライシユウコ

平安あや解き草紙

その後宮、百花繚乱にて

HEIAN
AYATOKI
SOSHI

第一話
私がお仕えする姫様は、こんなにも可愛い

水無月《みなづき》下旬。

長らく不在であった御匣殿別当《みくしげどののべっとう》に、亡くなった先の中納言《ちゅうなごん》の娘・藤原祇子《ふじわらのまさこ》の出仕が決まった。つい最近まで六条局《ろくじょうのつぼね》と呼ばれていた彼女は、懐妊《かいにん》により里帰り中の藤壺女御《ふじつぼのにょうご》こと藤原桐子《ひさこ》の従姉妹《いとこ》で、その女房でもあった。

後宮にその報《しら》せがもたらされたとき、女房達は騒然となった。そしてそれは電光石火《でんこうせっか》の勢いで、あからさまな不平不満に変わっていったのだった。

「ちょっと堪忍してよ。せっかくあのいけすかない藤壺の連中がいなくなったってせいせいしていたっていうのに」

「それがたった三日で、しかもよりにもよって、あの六条局が戻ってくるってどういうことよ！」

「最悪過ぎるでしょ！」

後涼殿《こうろうでん》の東廂《ひがしひさし》。すなわち女房達が住む曹司町《ぞうしまち》で口々に悲鳴があがる。御簾《みす》のむこうの簀子《すのこ》で自分達の上官達が立ち聞きしているとも気付かずに。

「……すみません。口を慎《つつし》むように注意してまいります」

恐縮しきった態《てい》で言う勾当内侍《こうとうのないし》に、齢《よわい》三十二歳の新人尚侍《ないしのかみ》・藤原伊子《かのこ》はゆっくりと首を横に振った。

「いいわよ。気持ちは分かるから、少し言わせておいてあげましょう」

不安げな顔をする勾当内侍に目配せをすると、伊子は彼女と共に簀子を進んだ。

油蝉《あぶらぜみ》がやかましく鳴く盛夏の御所の壺庭《つぼにわ》には、忘れ草が鮮やかな橙《だいだい》色の花を咲かせていた。伊子がまとう衣も同じ色の薄物で、その下には青（緑）の単《ひとえ》をあわせている。花橘《はなたちばな》を意識した装《よそお》いだった。

左大臣《さだいじん》の大姫（貴人の長女）藤原伊子が、尚侍として出仕をはじめて三か月になろうとしていた。彼女の身分と年齢を考えれば尚侍などではなく、女御として入内《じゅだい》をしてとっくに立后（皇后として立つこと）されていても不思議ではない。実際に伊子は后《きさき》がね（帝《みかど》の妃候補の少女）として、四歳上の東宮《とうぐう》に入内すべく幼い頃からお妃教育を受けていた。

ところが伊子が十七歳のとき、父・顕充《あきみつ》が当時の帝の勘気《かんき》を蒙《こうむ》り、入内の話は立ち消えとなった。それから何年もしないうちに東宮は即位することなく身罷《みまか》り、次の東宮には彼の息子が立った。十六歳も年少の男児の立坊《りつぼう》（立太子）に、伊子の入内の可能性は完全に無くなったと思われた。

しかし御年十六歳で即位した東宮は、なんと自分の二倍の年齢にもなる伊子の入内を切望したのだ。最初はなんの冗談かと思ったが、新帝は本気だった。彼にとって伊子は、忘れがたき初恋の女人《にょにん》なのだという。

だからといわれて承諾《しょうだく》などできるはずもなく、固辞しつづけた伊子と切望した帝の折《せっ》衷案《ちゅうあん》が彼女の尚侍としての出仕だったのだ。尚侍とは高位の女官、すなわち上臈《じょうろう》で、帝に近侍《きんじ》することを旨《むね》とする内侍司《ないしのつかさ》の長官である。それ以降伊子は尚侍《かん》の君《きみ》と呼ばれ、後宮で起こる騒動に翻弄《ほんろう》される日々を過ごしているのだった。

勾当内侍と別れて賜《たまわ》っている承香殿《しょうきょうでん》に入ると、乳姉妹《ちきょうだい》である千草《ちぐさ》が血相を変えて駆け寄ってきた。

「本当ですか!?」

「うん、本当よ」

それだけで通じるのは阿吽《あうん》の呼吸ではなく、千草がこれほど興奮する理由が他に考えられないからだ。

（いや、すごいわ。六条局のこの嫌われっぷり……）

もはや感心の域に達してしまう。もともと藤壺の女房達は、他所《よそ》の女房達から煙たがられていたが、その中でも祇子の嫌われようは際立《きわだ》っていた。

千草は不満の色をあからさまにして、伊子に詰め寄った。

「なぜですか？　ご自分の娘である藤壺女御様が入内なさっておられるのに、右大臣《うだいじん》は娘の立場を悪くするような真似《まね》をなさるのですか？」

「いや、妃じゃなくて御匣殿としての出仕だから、一応――」

「事実上、妃みたいなものでしょう。六条局だってその気満々に決まっていますよ。だいたい尚侍だって、今じゃそういうものなのですから。姫様が特別なのですよ」

伊子の反論をさえぎって千草はまくしたてた。

御匣殿とは本来は貞観殿《じょうがんでん》の別名で、帝の衣装にかんすることを司《つかさど》る場所だ。御匣殿別当とはそこの長官《かみ》で、略して御匣殿とも呼ばれる上臈である。こちらも近年では尚侍と同様に、事実上の侍妾《じしょう》であることが多くなっていたのだ。

「落ちつきなさいって」

がんがんと不満をぶちまける千草を制して自分の座に腰を下ろすと、あらためて伊子は言った。

「右大臣は女御《むすめ》と一族のことを考えればこそ、六条局を出仕させたのよ」

「え？」

千草は不審な顔をした。まあ普通に聞けば首を傾《かし》げるだろう。せっかく桐子が念願の懐《かい》妊《にん》を果たしたのに、父親がその里帰りの間に別の妃を送りこむなど、あまりにも娘を蔑《ないがし》ろにした行為である。

しかしここで要点となってくるのは、その女人が六条局——今後は御匣殿と呼ぶことになるが——こと、藤原祇子だということなのだ。

祇子の父親はすでに故人だが、右大臣の庶出《しょしゅつ》の異母兄だった。

古来よりこの国において母親の出自というのは重要で、この人も出世の点ではなにかと弟の後塵《こうじん》を拝してきた。そのため同じ一門出身の従姉妹同士とはいえ、桐子と祇子の間には圧倒的な身分の隔《へだ》たりがあったのだ。よって祇子《まさこ》は后がねとなることはなく、桐子《ひさこ》に仕える女房として宮中に上がってきたのである

従姉妹間でのこの扱いの差は屈辱《くつじょく》的なことのようだが、実際には一般的な話だ。祇子の出自ではたとえ皇子を産んだところで中宮《ちゅうぐう》になることは無理だし、女房といっても位の高い上臈だから藤壺では尊重される立場にある。

もちろん祇子本人には、忸怩《じくじ》たるものはあるかもしれない。

伊子は、桐子と比べてもなんら遜色《そんしょく》のない祇子の美貌《びぼう》を思いだした。十八歳の桐子が豪《ごう》奢《しゃ》な中にも瑞々《みずみず》しさを持つ蓮《はす》の花なら、二十二歳の祇子は、清楚《せいそ》でありながらも華やかで甘い芳香《ほうこう》を放つ山百合《やまゆり》の花。美女揃《ぞろ》いの藤壺でも、二人が並ぶさまはまさしく春蘭秋菊《しゅんらんしゅうぎく》だった。

「おっしゃっている意味が分かりませんよ」

千草は頬《ほお》を膨らませた。

「そりゃあ、帝が幾人か妃をお持ちになることはとうぜんです。しかも十六歳というお若い盛りの君ですから、藤壺様がおいでにならない間でもとうぜんお妃は必要でしょう。ですがそれを身内から出すというのは、少々無神経ではありませんか？」

その点においては伊子も同意である。確かに唐土《もろこし》の後宮では、姉妹が同時に入宮することはままある話らしいし、日本でも『古事記《こじき》』にある岩長比売《いわながひめ》と木花咲弥姫《このはなさくやひめ》の話のように、

姉妹を共に同じ人に嫁《とつ》がせるという発想はあった。

だが姉妹がいない伊子でも、これほど女の気持ちを蔑ろにした話はないと思う。祇子は姉ではなく従姉ではあるが、女房という近しい立場の女性である。そして千草の憤慨《ふんがい》ぶりからして、伊子の考えはあながち見当はずれのものでもないのだろう。

そのいっぽうで伊子は、かつて后がねとして育てられた左大臣家の姫として右大臣の考えも分かりはするのだ。

「確かにそうかもしれないけど――」

なだめるように伊子は言った。

「ここぞとばかり別の姫が入内をして、彼女が深い寵愛《ちょうあい》を受けることになったとか、まあそれはしかたがないにしても、その御方が御子を身籠《みごも》られたりしたら、藤壺女御は色々と気を煩《わずら》わせなければならなくなるでしょ」

「そんなのどこの姫様が入内されたところで一緒でしょう。むしろ近い相手のほうが絶対に嫌ですよ」

「だから、そこじゃなくて――」

高ぶる千草を、伊子はなんとかなだめた。

「そりゃあ気持ちとしては、まったく知らない相手のほうがやりやすいわよ。けど六条局であれば、たとえ御子を産んだところで藤壺女御の地位をおびやかすことは絶対にないでしょう。なにしろいま彼女を後見しているのは右大臣なのだから」

つまり帝が新しい妃を持つことはどうあっても避けられないなら、せめて娘の地位をおびやかさない人物を送りこもうという魂胆《こんたん》なのだ。ひとまず御匣殿別当《みくしげどののべっとう》として送りこみ、帝がお気に召せば妃として立てることもできる。他家の姫君に入内される前に右大臣が手を打ったというわけだ。妃の数は定員制ではないが、段取りや費用の問題もあるので立てつづけに二人というのは難しい。

「もちろん六条局からすれば、そんな都合のよい使われ方は面白くないでしょうけど」

「どうですかね。あの女だったら、ここぞとばかりに帝の寵愛を奪ってやると企《たくら》んでいるような気もしますけど」

祇子にたいして、千草はどこまでも辛辣《しんらつ》だった。なにを言っても木で鼻を括《くく》ったような返事しかせず、上臈という身分を笠《かさ》に着て中臈《ちゅうろう》以下の女房にはあからさまに蔑《さげす》んだ態度を取る祇子を、千草をはじめとした御所の女達は嫌い抜いていた。

「でなきゃいくら上臈とはいえ、女房があんな珠衣《たまぎぬ》（美しい衣装）を身につけたりいたしませぬ。藤壺女御に伴《ともな》われているときでさえ、主人を立てるどころかまるで張りあうように華やかな衣を着ておいでしたからね。腹の中では藤壺女御より自分のほうが女人として優れていると思っているやもしれませんよ」

千草の祇子批判は、なかなかやむ気配を見せなかった。

確かに言われてみれば、祇子はいつも人目を惹く装いをしていた。上臈という立場上、中臈には許されない綾織物《あやおりもの》の衣も着られるので違和感はなかったが、主人である桐子を引き立てようという意識は感じられなかった。

「なるほどねえ……」

伊子が納得していると気を良くしたのか、千草は祇子への批判を終わらせて右大臣に矛《ほこ》先《さき》を移した。

「それにしても右の大臣《おとど》はさすがに狸爺《たぬきじじい》ですね。うちのお殿様にも少し見習って欲しいですね」

「千草」

ついにとがめられ、千草はひょいと肩をすくめた。

うちのお殿様とは、伊子の父・顕充のことである。誠実を絵に描いたような人物で、先帝の勘気に触れた理由もその性質《たち》ゆえのことであった。

いったんはしおらしくして見せたものの、すぐに千草は活気を取り戻した。

「右大臣も主上《おかみ》にふさわしい十五、六歳の姫君ではなく、あえて二十二歳の六条局を送りこんだのは、帝の好みを考えてのことかもしれませんね」

千草だけではなくどうも世間は、帝が三十二歳の伊子に執着している現状から、彼が極端な年上好みだと考えているようだ。

だが伊子は、帝が特別年上好みだとは考えていない。初恋をこじらせて妙な執心をしているだけで、本来であれば普通の感覚の持ち主なのだと思う。そもそも二十二歳と三十二歳を同じ土俵《どひょう》に乗せるのも、なかなか乱暴な話である。

「十も年長の女と一緒にしたら、いくらなんでも六条局が可哀相《かわいそう》よ」

「十六歳から見たら、十代じゃなきゃ等しく年増《としま》ですよ」

千草は笑い飛ばしたが、二十代の女人が聞いたら憤慨しそうな暴言だ。とはいえ妙に説得力があるのは、きっと千草が十四歳の子の母親だからなのだろう。

「とはいえ主上の意中の方は姫様でございますから。たとえ六条局が小手先を利《き》かせたところで、どうせ振りむきもしませんよ」

胸のあたりで拳を作り、自分のことのように自信満々に千草は言った。

主上の意中の方は姫様でございますから。

千草の言うことは誇張でもなんでもなく、本当だから困るのだ。

もちろん帝はすでに入内をしている二人の妃、懐妊《かいにん》中の桐子《ひさこ》とまだ頑是無《がんぜな》い年頃の茈子《さいこ》に対してはきちんと遇《ぐう》している。しかし自らの意志とは関係なく周りの思惑で迎えた彼女達と、十数年来の初恋の伊子はまったく別次元の存在らしい。

伊子が尚侍《ないしのかみ》として出仕を決意したのは、帝は初恋の思い出を美化しているだけで、実際に本人を目にすれば、十六歳上の女というのがどういうものなのか分かって気持ちも萎《な》えるだろうと、自虐《じぎゃく》とも楽天的ともつかぬことを考えていたからだ。

ところが予想に反して帝の伊子への求愛は、出仕後もまったく変わる気配を見せなかったのだ。

西日が簀子《すのこ》を橙色《だいだい》に染め上げる刻。しんみりとした蜩《ひぐらし》の鳴き声が朝餉《あさがれい》の間にも聞こえてきていた。

「それでは六条局は、今宵《こよい》出仕するというのだね」

帝だけに許される装束《しょうぞく》。白の御引直衣《おひきのうし》にほっそりとした身体《からだ》を包んだ少年は、あまり関心がないように言った。

剝《む》き卵のようにすべらかな肌。伏目がちの瞳に影を落とす長い睫毛《まつげ》。形の良い顎《あご》にふっくらとした瑞々しい唇。

昨年即位をしたばかりの十六歳の今上《きんじょう》は、実に美しい少年だった。

伊子は帝の傍《かたわ》らに侍《じ》して、彼の話に首肯《しゅこう》した。数多《あまた》いる女房の中で朝餉の間に上がることができるのは上臈のみである。

「はい。貞観殿《じょうがんでん》は責任者であった小宰相命婦《こさいしょうのみょうぶ》が退出してから少々混乱いたしておりましたので、これは良き配置かと――」

「本当にそう思っているの？」

　からかうように問われて、伊子は言葉をつまらせる。

　女御である桐子はもちろん、なにかと鼻につくふるまいが目立つ藤壺の女房達を、御所の女達が良く思っていないことは帝も承知していたようだ。ここに弘徽殿《こきでん》を賜《たまわ》る王女御《おうのにょうご》こと茈子女王《さいこにょおう》の女房達も加わって、後宮の女同士の争いは朝臣《ちょうしん》達に面白おかしく噂《うわさ》されていると聞いている。

　かくいう伊子も、祇子に対しては良い印象を持っていなかった。

　主人でもある桐子もそうだが、ぜんたい藤壺の女房達は高慢かつ感情的だった。だがそれも若さゆえの幼稚さと思えば、腹は立っても伊子から見れば可愛《かわい》げがあった。もちろん因縁《いんねん》ある弘徽殿の女房達などは、蛇蝎《だかつ》のように彼女達を嫌いぬいてはいるが。

　そんな同輩達の中にあって、祇子だけは常に冷ややかで他人を蔑むような態度を崩さなかった。ようするに祇子は、三十代から見て非常に可愛げない二十代だったのだ。

　しかしそんなことを、この場で帝に言うわけにもいかない。

「私などより主上のほうが、かの君のお人柄についてはご存じではないかと……」

　伊子は答えをごまかした。美貌の祇子を、桐子は事あるごとに間近に伴っていた。見目の良い女房で身の周りを固めることは、女主人にとって自分の権勢を示す身近な手段である。

「六条局ね……」

帝は関心がないように、その候名《さぶらひな》をつぶやいた。

「どうなのだろうね。藤壺は上がってくるときはたいてい彼女を伴っていたけど、二人が楽しそうに話しているところを見たことがないんだよ」

「さようでございますか」

意外なことではなかったが、せめて帝の前ぐらいは取り繕《つくろ》えばいいのにと思った。とはいえ桐子との仲が円満ではないほうが、祇子にとって今回の出仕は気楽なものになるのかもしれない。下手《へた》に桐子に忠義を抱いていたら、多少なりとも良心の呵責《かしやく》を覚えてしまうだろうから。

「されど六条局のように美しい方が出仕してくれるのなら、この後宮もきっと華やぎましょう。なにせ藤壺女御様が里帰りをなさってから、此処《ここ》は火が消えたようになってしまいましたから」

白々しく伊子は言った。なにかと騒々しい藤壺の女人《にょにん》達がいなくなってから、寂しさというか物足りなさは少なからずある。しかし天秤《てんびん》にかけるのなら、ほっとしたという思いのほうが圧倒的に強かった。

「右大臣《うだいじん》はそう考えているのだろうね」

帝の言葉に、伊子は曖昧《あいまい》にうなずく。

――もしも祇子を気に入ったのなら、どうぞお召しください。

今回の出仕の裏に、そんな右大臣の意図があることは皆の知るところである。とうぜん帝も分かっているはずだ。

「されど私が真に欲しているのは、あなただけだからね」

整えられた白砂の上に、ざくりと音をたてて乱暴に踏みこむような帝の言葉に伊子は目を見開いた。

いつしかわずかに明るさを残すだけになった夕日が、帝の白い御引直衣に複雑な陰影を映し出していた。

気付くと帝は上半身をねじって、横にいる伊子の顔を見つめている。畏《おそ》れ多いことに、伊子もまじまじと見つめてしまう。本当は視線を落として話をそらしたほうが賢いやり方なのかもしれないが、とっさにそんな機転が働かない。それにたとえ賢いやり方でも、それでは誠意を欠くという気持ちもどこかにあった。

どれくらい見つめあったのだろう。

帝は薄紅《うすべに》の花弁のような唇を、ふっと緩《ゆる》めた。

「そういえば、六条局が着ていた衣は、大変に趣味のよいものだったよ」

とうとつな話題転換に、伊子はすぐに気持ちが切り替えられなかった。

きょとんとする伊子にかまわず、帝はなにか思いだすように語りつづけた。

「藤壺女御も染めといい仕立てといい、いつも洗練された仕立てのよい衣をまとっていたけど、六条局も負けていなかったね。絹が立派なのは右大臣家の財力を考えれば驚くことではないかもしれないけれど、仕立ては裁縫《さいほう》の腕がものを言うだろうからね。あれは藤壺にはよほど裁縫の腕の良い女房がいるのだと思うよ」

世間話のように帝は語ったが、伊子は帝が桐子の装《よそお》いをしっかり注視していたことに驚いた。昼間に千草も言っていたが、桐子も祇子もそれぞれ自分達の美しさを際立《きわだ》たせる趣味の良い装いに身を包んでいた。

「さようでございましたか。ならばその方にこそ貞観殿に出仕していただきたいものでございますね」

伊子の言葉に帝は、なんとも複雑な表情でうなずいた。

責任者である小宰相命婦が退出してから、貞観殿の仕事が若干粗《じゃっかんあら》くなっている傾向は否《いな》めなかった。伊子は尚侍として日々帝の衣を目にしていたから気付いていたが、小宰相命婦がいなくなってまだ間がないので様子見をしていた。貞観殿が内侍司《ないしのつかさ》とは別部署であるため、少々口を挟みにくいという事情もあった。

伊子の言葉に同意したのだから、やはり帝も気になっていたのであろう。しかし彼の立場でそれを口にしては、貞観殿の女房達は完全に委縮《いしゅく》してしまう。それゆえこの思慮《しりょ》深い少年帝は黙っていたにちがいない。

帝にそんな気を遣わせてしまったことを、伊子は後悔していた。

(やはり、ちょっと注意をしないといけないかしら……)

しかしいまそんなことをすれば、否応《いやおう》なしに祇子の耳に入ってしまう。なにしろ彼女の参内《さんだい》予定まで、あと一刻(三十分)もないのだ。ただでさえ気に食わない相手から、自分の参内直前にそんなことをされていたと分かったら著《いちじる》しく気分を害するだろう。

もちろん本来であれば、新しく長となる祇子にその旨《むね》を伝えることが筋だ。だが祇子の高慢なふるまいを思いだすと、それも躊躇《ためら》われる。腹いせで貞観殿の者達が叱《しか》り飛ばされでもしたら可哀相だ。

そもそも事実上妃候補として入る予定の祇子が、専従の女官達のように裁縫に従事することはないだろう。あるいは帝に近づく手段として、衣装を揃《そろ》える等の手筈《てはず》を仕切ろうとはするかもしれないが。

色々と思い悩んでいるところに、蔵人頭《くろうどのとう》が右大臣の参内を告げにきた。噂をすれば影というわけではないが、祇子の出仕についてなにか述べにきたのかもしれない。

「では、私はいったん下がりまする」

一礼して申し上げると、帝はちょっと不満げに頬《ほお》を膨らませ、それでも渋々ながらこくりとうなずいたのだった。

夏の夜空に上弦《じょうげん》の月がくっきりと浮かんだ頃、新しい御匣殿別当《べっとう》・藤原祇子《まさこ》は参内を済ませた。

彼女が賜った登花殿《とうかでん》に灯った明かりを、伊子は渡殿《わたどの》を挟んだ弘徽殿の簀子に立って眺めていた。

「よりにもよって、なぜ登花殿なのかしらね」

「まことにございますよね」

聞き覚えのある声に振り返ると、親王色である深紫《こきむらさき》の束帯《そくたい》姿の嵩那《たかふゆ》が歩いてきていた。

「宮様」

伊子は蝙蝠《かわほり》の内側で呼びかけた。

「こんばんは。宿直《とのい》の者と話をしていたら、すっかり遅くなってしまいました」

照れくさげに嵩那は言った。人好きのする笑顔に、伊子も表情をほころばせる。

式部卿宮《しきぶのきょうのみや》こと嵩那親王は、二十年ほど前に亡くなった先々帝の息子である。母親は内親王で、同母の姉は帝の養母でもある賀茂斎院《かものさいいん》という、この上なく高貴な親王だ。その生まれにふさわしい華やかながら凛《りん》とした品のある美貌《びぼう》は、御所中の女達の胸をときめかせている。

実はこの青年こそが、伊子が帝を受け入れられない最大の理由だったのだ。

十年前、伊子と嵩那は恋仲にあった。

伊子の一方的な誤解が理由ですでに破局していたものの、乙女《おとめ》ではない女が帝の妃になることなどできない。年齢差よりもそちらが最大の要因となり、伊子は入内の要請を固辞《じゅだい》しつづけていたのだ。

しかし帝は、二人が恋仲であったことを承知していた。

ならば、すでに入内を拒《こば》む理由はなくなっている——そのはずだった。

ひょんなきっかけで再会した嵩那とは、かつての誤解も解けて和解を果たした。

それ以来伊子の中で、彼の存在が日に日に大きくなっていっている。止めようとしてもどうにもならないその想いに翻弄《ほんろう》されて、伊子の心はどうしても帝を受け入れられないままなのだ。

近くまできた嵩那は、気まずげに声をひそめた。

「物《もの》の怪《け》騒動が起きた殿舎などと、周りはお止めしたそうですが……」

伊子は蝙蝠の内側で、唇をへの字に歪めた。卯月《うづき》に起きた登花殿の物の怪騒動が、実はこの弘徽殿の主である茈子が仕組んだ作り事だったというのは、本人達を別にすれば伊子と千草、そして嵩那の間だけの秘密だった。

そんな理由で本当はなにもない登花殿が曰くつきの場所となってから二か月が過ぎていたのだが、新しい御匣殿別当・祇子は、よりにもよってその殿舎に入ったのである。

「まあ、これをきっかけに何事もなかったという結果に落ちついてくれれば、私達も胸のつかえが下りるというものですけどね」

「だと、よろしいのですが……」

嵩那の言葉に、釈然としないまま伊子は応じた。

祇子が賜る殿舎については、事前に幾つかの場所が検討《けんとう》された。

職場となる貞観殿の位置から考えれば、利便がよいのは西にある登花殿と東にある宣耀《せんよう》殿《でん》、そして南の常寧殿《じょうねいでん》の三つだ。その中で常寧殿は、もともと皇后宮と称された位の高い殿舎で、五節舞《ごせちのまい》等儀式的な行事に使用される場所なので最初から除外された。

残るは登花殿と宣耀殿だが、ここでなぜか祇子は物の怪騒動で敬遠されている登花殿のほうを希望したのである。理由は宣耀殿だと直盧《じきろ》（公卿《くぎょう》達の宿直所《とのいどころ》）として使われている桐壺《きりつぼ》に近いので、殿方《とのがた》の目に触れてしまうからというものだった。

「物の怪よりも殿方の目のほうが怖いとは、まこと奥ゆかしい女人でございますこと」

「本気でおっしゃっておられますか？」

意味深な眼差《まなざ》しをむけられ、伊子は上目遣いに目をそらした。

藤壺の女人達に対して伊子がどういう感情を抱いているのかなど、嵩那はとうに知っている。その彼からすれば白々しいにもほどがある、といったところなのだろう。

伊子はゆっくりと首を横に揺らした。

「これまで藤壺の女房としてさんざん御所の中を動いていたのに、すごくいまさらな感じはしますね」

「あるいは宣耀殿では、清涼殿《せいりょうでん》からいっそう遠くなるからですかね？」

嵩那の言い分は一理あるものだった。帝の寵《ちょう》を望むのであれば、殿舎は近いほうが有利だ。『源氏物語《げんじものがたり》』の中でも、帝が自分の寵愛《ちょうあい》する更衣を、清涼殿から離れた桐壺から隣接する後涼殿に移したという下りがある。

とはいえ——伊子は首を傾《かし》げつつ反論した。

「されど登花殿とて〝埋もれたるつる〟場所ではありませんか」

こちらも『源氏物語』の下りで、弘徽殿の奥にあり、清涼殿から離れた登花殿を指して述べた表現である。

「ああ、そこまでは読みましたよ」

すぐに気づいたのか、嵩那は悪戯《いたずら》っぽく答えた。

姉である賀茂斎院の薦《すす》め、というか強制で、嵩那がそれまで未読だった『源氏物語』を読みはじめたのは登花殿の騒ぎが起きた頃だった。

「それでも宣耀殿よりはずいぶんと近いですから。まあどこであろうと主上《おかみ》が興味をお持ちにならなければ、後涼殿でも桐壺でも同じことでしょうが」

地味に手厳しい一言を、さらりと嵩那は述べた。確かに夕刻の帝の言動から、彼が祇子に興味を持っているとは考え難くはある。

そのとき登花殿のほうから物音がして、二人は会話を中断した。

見ると妻戸《つまど》が開いており、そこから一人の女人が出てきたところだった。灯籠《とうろう》と篝火《かがりび》の双方に照らされたその姿に、伊子は見覚えがあった。

上臈《じょうろう》にしか許されない二重織物《ふたえおりもの》の青（緑）の唐衣《からぎぬ》をまとった人物は、祇子だった。

噂《うわさ》をすれば影とは、まさにこのことである。

気配を感じたのか、祇子は貞観殿側にむけていた顔をこちらに動かした。そうしてはっきりとその視界に伊子と嵩那をとらえた。

伊子は蝙蝠を持つ手に心持ち力をこめた。確かに気まずくはあるが、別に盗み見をしていたわけでもない。ちなみに嵩那と一緒にいるところは、これまで何度も女房達に見られているので別に問題はなかった。特に藤壺の女房達からは、汚物をよけるために彼から抱き上げられたところまで見られている。

この国の後宮は唐土《もろこし》とちがって元々男性の出入りが自由なので、ここまで堂々と会っていると逆に誰も噂を立てない。伊子が斎院と親友なので、その縁で弟の嵩那と親しくしているると思っているのかもしれない。もちろん三十二歳と二十九歳という、けして若くはない二人の年齢も幸いしているのだろう。

伊子と祇子の間に流れる緊迫した空気に、嵩那は困惑がちに二人を見比べる。そんな嵩那を置き去りに、伊子は一歩前に進み出た。

「ごきげんよう、御匣殿」

その伊子の態度をどう受け止めたのか、祇子は綾織物《あやおりもの》の裳裾《もすそ》をひるがえして歩み寄ってきた。そうやって高欄《こうらん》まで出て来ると、弘徽殿の簀子《すのこ》に立つ伊子とむかいあう。

青の唐衣の下にかさねたるは萌黄《もえぎ》のにおひ（濃色の上衣から薄色いまでぼかしてゆくかさね方）。袖口《そでぐち》からのぞかせた紅の単《ひとえ》が、心憎いほどに見事な着こなしだった。

「これは尚侍《かん》の君《きみ》。このような場所でご挨拶《あいさつ》をすることになって申し訳ございません。本日より出仕と相成りました。今後ともどうぞよろしくお願いいたします」

などと口では殊勝《しゅしょう》に言いながら、祇子は申し訳程度に下げた頭をすぐに起こした。お願いします、などとかけらも思っていないことがありありと分かるふるまいである。

伊子は蝙蝠の上から、祇子の顔を見つめた。

小さな瓜実顔《うりざねがお》に刻まれた目鼻立ちは、十分に人目を惹《ひ》くものだった。華やかさと活気では主人である桐子に軍配が上がるが、艶《つや》っぽさでは断然勝っている。いずれにしろ御所に咲く花としてふさわしい姿形だ。

「こちらこそ、よろしくお願いしますわ。小宰相命婦《こさいしょうのみょうぶ》が退出してから、貞観殿はなかなか落ちつかないようでございますが、あなた様が来てくださったからにはもう大丈夫だと心強く思っておりますわ」

「私などがご期待に添えますものか分かりませぬが、精一杯務めさせていただきます」

心にもないことを口にした伊子に、さらさらと歌を詠《よ》むかのように祇子は答えた。

狐と狸のばかしあいとはこういうことかと考えていると、祇子は伊子の返事を待たないまま裳裾をひるがえし、そのまま貞観殿にと行ってしまった。

最初から、なかなか好戦的だった。

あんなものだろうとは思っていたが、単純に位が上の人間に対してその態度はいかがなものなのかと不満に感じていると、少し離れた場所にいた嵩那が言った。

「実に艶《あで》やかな着こなしでございましたね」

伊子は少しむっとした。確かに噂にたがわず見事な着こなしだった。しかし伊子にとっては、今後の付きあいを考えてやきもきしている相手だというのに、目の前でその衣装を褒めるとは無神経ではないか。

いや、それはまちがいなく八つ当たりだろう。

心のどこかでそんな理性が自分に注意を呼びかけていたが、苛立《いらだ》ちをおさえることはできなかった。

「さようでございましたか。暗くてよく分かりませんでした」

あきらかに棘《とげ》のある口調で伊子は答えたが、嵩那には気にしたようすはなかった。

「あれほどの装束《しょうぞく》を揃《そろ》えたのだから、右大臣《うだいじん》は本気かもしれませんね」

「!?」

見ると、嵩那は気難しい表情で貞観殿を眺めていた。

自分の早合点《はやがてん》への気恥ずかしさと、政敵の娘としての焦りが同時にこみあげた。

祇子のあの見事な衣装は、帝に対する右大臣の本気度の表れなのだ。左大臣《さだいじん》の娘として、もっと危機感を覚えなければならないのに、勝手な思いちがいをして悋気《りんき》していた自分の浅はかさが恥ずかしかった。

「父は、どう思っているのでしょう……」

独り言のように伊子は漏《も》らした。きっと嵩那に問うべきではなく、顕充に直接訊くべきことなのだろうが。

「主上は、心から左大臣を信頼しておられますよ」

先刻とは打って変わり、穏やかに嵩那は答えた。

「ですから右大臣がどう出ようと、何も心配することはありませんよ」

「ですが……」

「政務に通じていることはもちろん、誠実で辛抱《しんぼう》強く、人徳もある。かような臣下を頼みにしない主君がおりましょうか。」

伊子は唇をうっすらと開いたまま嵩那を見つめた。

時には娘の目から見ても〝お人よしが過ぎる〟と思ってしまうほどの顕充を、そのように評価してもらえるのは大変に心強いことだった。

「父をそのように言っていただけると、まことに嬉しく存じます」

伊子の礼に、嵩那はゆっくりと首を横に振った。

「思った通りのことを言っただけです。誠実で人徳もある者が報われない世など、長生きをする価値などありませんからね」

なにげに先帝を批判したような言葉だったが、そのあたりは伊子も触れなかった。

「はい。私も近頃は色々と楽しくて、長生きをしたいとつづく思うようになりました」

そう伊子が告げると、嵩那は少年のように無邪気に破顔《はがん》した。


それから二日後。伊子は帝の衣について、勾当内侍《こうとうのないし》から相談を持ち掛けられた。

「丈が短くなっている？」

「はい。尚侍の君は出仕をはじめて間もないのでお気づきではなかったでしょうが、昨年に比して、拝してもはっきり分かるほどに背丈も手足も長くなられておいでですので」

勾当内侍の説明に、伊子はほうっと息をついた。新竹《しんだけ》のような勢いで育つ若さは微笑《ほほえ》ましく、三十代の目からすると眩《まぶ》しくさえ感じてしまう。

「取り急ぎ、いまある衣の丈をすべて出してもらうようにしましょう」

「ではそのように、貞観殿に伝えさせましょう。ついでに急ぐように釘を刺しておきますわ。小宰相殿がいなくなってから、貞観殿は段取りのまずさが目立ちますので」

心持ち棘《とげ》のある声に伊子ははっとして、いままさに遣いの女房を呼ぼうとした勾当内侍を止めた。

「待って。それはあなたではなく、私の名前で伝えてちょうだい」

「はい？」

「相手が小宰相ならあなたでも良かったけれど、いまの別当《べっとう》は御匣殿よ」

伊子の言葉に勾当内侍は口許《くちもと》を押さえた。

有能とはいえ、勾当内侍はあくまでも中臈《ちゅうろう》である。そんな相手からいきなり注意を受けては、たとえそれが正当なものでも祇子は気分を害するだろう。

もちろん祇子は、伊子のこととて良くは思っていないはずだ。

しかし伊子は同じ上臈で、そのうえ祇子より位が高い。苦情を訴えるなら、勾当内侍よりぜったいに適任だ。

「分かりました。では尚侍の君のお名でお願いいたします」

勾当内侍の言葉に伊子はうなずいて返し、傍《かたわ》らに控えていた千草に貞観殿に行くように伝えたのだった。

ほどなくして戻ってきた千草は、さっそく祇子の反応を語りだした。

「姫様の名前を出しましたらあからさまにむっとはなさいましたが、けんもほろろに承《うけたまわ》りましたというご返答でした」

色々と予想通りの反応に、伊子はひょいと肩をすくめた。

「それにしても、御匣殿は貞観殿にいたのね」

「はい。その点は私もちょっと意外でした」

出仕の目的から、祇子が本来の御匣殿としての仕事をするとは考えていなかった。初日こそ挨拶がてらにでも貞観殿に足を向けても、そのあとは登花殿のほうで好きなように過ごすだろうと思っていたのだ。

だからこそ千草も言伝《ことづて》で済ませるつもりで貞観殿にむかったのだが、予想外にも祇子がいたので、伊子の言葉を直接本人に伝えざるをえなくなってしまったというわけだ。

「おかげで貞観殿の者達は、ずいぶんと緊張しているようでしたよ」

「まあ、そうでしょうね」

苦笑いを浮かべながら、伊子は少しばかり貞観殿の女房達に同情もしていた。

彼女達も意識的に手を抜いているとか、さぼったりしているわけではない。小宰相命婦という指揮をする者がいなくなったことで体制が乱れ、結果として仕事内容が雑になってしまっているのだ。

「面子《めんつ》をつぶされたとかで、貞観殿の子達が御匣殿からひどく怒られたりしなければいいのだけれど」

「気の毒と言えば気の毒ですよね。小宰相様が退かれてから、残っているのは下位の者ばかりですものね。まとめ役がいなければ、そりゃあしっちゃかめっちゃかになりますよ。まったく現場が必要としているのは、お飾りの上臈よりも有能な中臈ですのに」

さりげなくいつもの毒舌《どくぜつ》を挟みつつも、千草も貞観殿の者達に同情しているようだ。

（小宰相の後継者として、誰か適任者はいないものかしら……）

貞観殿の女官としてふさわしい、裁縫《さいほう》がうまい女人《にょにん》は山のようにいるだろう。しかし上に立って彼女らをうまく采配《さいはい》できる女人となると、なかなか見つけ難い。

身分に関係なく表に出ることが多い男とちがって、外に出ない女人は人選が難しい。判断の材料が、どうしても人の噂のみになってしまうからだ。あるいは身内の娘を売りこもうとして、都合の良い噂を流す輩《やから》もいる。

伊子は傍らに座る千草に目をむけた。

「千草が中臈の身分だったら、まちがいなく推薦《すいせん》できるのだけど」

御所の女房の大半を占《し》める中臈は、殿上人《てんじょうびと》の娘か、あるいは名のある家の娘でなくてはならなかった。千草の父親は左大臣家の家司《けいし》で、その身分では下臈《げろう》にしかなれない。

貞観殿で裁縫を司《つかさど》る女房達はほとんどが下臈か、あるいはそれ以下の局を持たぬ女官である。千草がいくら適任だったとしても、自分達と同じ身分の新参者に指揮をされるなど耐え難いことだろう。

伊子の言葉に、千草は頰《ほお》を膨らませた。

「嫌ですよ、私は」

「そうよね。千草のほうも気を遣うわよね」

「そうじゃなくて、私は姫様のおそばから離れるつもりはありませんからね」

きっぱりと告げられた言葉に、伊子は目を瞬かせた。千草自身は特に深い意図を持って口にした言葉ではないようで、あいかわらずぺらぺらと貞観殿の話題をつづけている。そこかしこに毒を挟んだ千草の下らないおしゃべりは、耳慣れているからなのか伊子をとても安心させる。

考えてみれば、ありがたい存在だ。

男の乳兄弟とちがい、女の場合はどうしても結婚や出産でその生活を左右される。ある年齢を過ぎれば、かつてのような強い結びつきは望めなくなってくる。

その点で言えば四度の結婚をして四人の子供を持っている千草は、自分の家庭が中心になっても不思議ではないのに、三十年来変わらぬ忠心を持っていてくれる。もちろん四人の夫とすべて離婚をしたという、彼女の男運の悪さも起因しているのだろうが。

　ちなみに千草の四人の子供のうち十四歳の長男は左大臣家に勤めており、年少の三人は彼女の母親が世話をしてくれている。左大臣家にいたときは子供達と一緒に住む室を与えられていたのだが、さすがに御所でそれはできなかった。

　ちょいちょいと子供達の様子を見に帰ってはいるが、母親としては気がかりだろう。それを気の毒に思う伊子に、千草はきっぱりと言った。

『たとえ母が傍にいても、稼《かせ》がないと育てられませんから』

　言いえて妙というか、現実的すぎるというか。とはいえ明日のコメの心配をする立場にない伊子が色々と思い煩《わずら》うのもおこがましいので、乳姉妹《ちきょうだい》のたくましさに感心するに留めておいた。

　ともかく結婚、出産、ついでに離婚という状況を経てもなおも続く女同士の絆《きずな》とは、本当は奇跡に近いことなのだ。

「心強いわ。じゃあ、ずっといてね」

「もちろんですよ」

　千草はどんっと胸を叩いた。

伊子が祇子《まさこ》の訪問を受けたのは、その日の午後だった。

帝は昼御座《ひるのおまし》で蔵人頭《くろうどのとう》と政務に携《たずさ》わっており、詰所に控えていた伊子は、千草と勾当内侍と話をしている最中だった。

仕立てなおした帝の衣装を持ってきたのだと言う祇子は、その背後に御衣櫃《みぞびつ》を抱えた二人の年若い女蔵人《にょくろうど》（下臈の一種）を控えさせていた。

凜《りん》と背筋を伸ばした祇子がまとうのは、白地に淡紅《うすべに》の糸で撫子《なでしこ》の花を浮織《うきおり》にした唐衣《からぎぬ》。御匣殿という上臈《じょうろう》の身分にふさわしい、艶《あで》やかな着こなしである。

「とつぜんお訪ねいたしまして申し訳ございませぬ。されど一刻も早くとのご要請でございましたので」

慇懃《いんぎん》な物言いながら、どこかあてつけがましく祇子は言う。伊子は傍らに控えていた千草をじろりと見やった。確かに急ぐようにと伝えるようには言ったが、なにゆえそう角《かど》の立つ物言いをしたのか。素知らぬ顔で視線をそらす千草に、伊子は内心で溜息をついた。

好戦的な乳姉妹に対する軽い怒りを抑えつつ、伊子は努めて冷静に答えた。

「それは、わざわざご苦労でございました」

「どうぞ、おあらためくださいませ」

伊子の慰労《いろう》の言葉には一切取りあわず、祇子は女蔵人の一人に目配せをした。しずしずと歩み出てきた彼女は、むかいあう伊子と祇子の間に御衣櫃を下ろした。

伊子は慎重な手つきで衣装を検分し、やがてその見事な仕上がりに舌を巻いた。仕立て直しを要請してから僅《わず》かな時間しかたっていないのに、布の出し方といい縫《ぬ》い目といい完璧《かんぺき》な仕上がりだった。特に絎縫《くけぬ》い（縫い目が表に出ないように縫うこと）は神業《かみわざ》かと思うほどの見事な出来栄えだ。

「素晴らしい」

横合いから遠慮《えんりょ》がちにのぞいていた勾当内侍が、唸《うな》るような声をあげた。

「お見事でございます」

素直に伊子が称賛すると、それまでまったく感情を出さなかった祇子の表情が少しだけ緩《ゆる》んだ。

「お召しになっていただいて、なにか不都合があればすぐにお知らせくださいませ」

「分かりました。おそらく大丈夫だと思います」

「それとさしでがましいかとは思いましたが、新たにもう一枚誂《あつら》えてまいりました」

きょとんとする伊子の前で、もう一人の女蔵人も歩み出てきて御衣櫃を置いた。そこには白い絹で仕立てられた御引直衣《おひきのうし》と緋色《ひいろ》の袴《はかま》が収められていた。

「……え、いつ？」

ひょっとして出仕当日に、女官達に指示をしていたのだろうか？　確かあの晩、祇子は貞観殿に向かっていたが……。

「ちょうど絹がございましたので、ご用命を受けましたついでとばかりに」

「ついでって、今日仕立てられたのですか？」

「はい」

澄ました顔で答える祇子に、伊子は耳を疑った。

仕立て直しを要請したのは、今日の午前中だ。それからまだ日も落ちていないというのに、それを済ませたうえで新たな一式まで仕立ててきたというのである。しかもざっと見たかぎり、こちらも完璧な仕上がりだった。

（やればできるじゃない）

こうなると、ここしばらくの貞観殿の混乱ぶりはいったいなんだったのかと思う。あるいは祇子の顔をつぶした手前、女房達も必死になって仕事をしたのかもしれない。同じ思いなのか千草と勾当内侍も、目を見合わせてうなずきあっている。

「貞観殿には、かように腕の良い女官がいたのですね」

「女官ではありません。私がいたしました」

「はい？」

とっさに意味が理解できず、伊子は間の抜けた声をあげた。

だが目の前で得意げな顔をする祇子に、ようやく発言の意味を理解した。ちらりと見ると、すでに奥に下がっていた女蔵人達が申しあわせたように同時にうなずいた。

「もちろんさして手のかからぬ部分など、つまらぬ者でもできる作業は貞観殿の女官達にやらせましたが、おおよその部分はすべて私がいたしました」

いちいち人を不愉快にさせる祇子の言い方には本当に閉口するが、要するに新しい御匣殿・藤原祇子は、とんでもない裁縫《さいほう》の達人だったというわけだ。

確かに裁縫や染色は婦人の大切な教養で、得意とする女人は多い。だとしても短い時間でのこの仕上がりは、教養というより職人並みの腕前といったほうがよさそうである。

そこで、ふと伊子は思いついた。

「あ、ひょっとして御匣殿のお召し物は、ご自身で手ずからお縫いになっていらっしゃるのですか？」

祇子の着る衣装の質の良さと趣味の高さは、帝も口にしていた。渋々ながら御所の女房達も認めている。ただし桐子を引き立てる立場にある女房として、それはどうなのかという陰口も叩いてはいたが。

「もちろんですわ。染めも自分でいたしております。他人が手掛けた衣などみすぼらしくて、袖《そで》を通す気にはなりませぬもの」

「……」

口にすることがいちいち何様だと突っこみたくなる言い草だ。それだけ自分の腕に自信を持っているのか、あるいは他人の腕を見下しているのか、いずれにしろ鼻持ちならない言動にはちがいない。

（でも、これだけの腕前ならねえ……）

伊子は御衣櫃に収められた衣装を見下ろし、祇子の装束《しようぞく》に視線を動かした。桐子《ひさこ》の女房という立場を外れたからなのか、いっそう装《よそお》いが艶《あで》やかになっている気がする。

──あれほどの装束を揃《そろ》えたのだから、右大臣《うだいじん》は本気かもしれませんね。

伊子の頭に、先日の嵩那の言葉が思い浮かんだ。

なるほど。きっと祇子は帝の目を惹《ひ》くため、右大臣の支援を受けて、ことさら装いを凝《こ》らして御所に出向いてきたのだろう。

ふっと皮肉な思いがこみあげ、伊子は少しだけ口許《くちもと》を歪めた。

「確かに。藤壺においでのときから趣味の良いお召しものばかりで、内侍司の者達もため息をつくような思いで見つめておりましたわ。主上《おかみ》もかねてより、御匣殿のご衣装の趣味の高さを褒めておいででしたのよ」

伊子の言葉に、祇子は虚をつかれたような顔になった。

やがて彼女はあからさまにうろたえはじめた。それまでの挑むかのような視線が目的を失ったようにさまよいだす。敵だと思っていた伊子から、思いがけず喜ばしい報告を受けて混乱しているのだろうか？　こちらとしては皮肉のつもりで言ったのだが、どうやら伝わらなかったようだ。

ほどなくして祇子は、もとの落ち着きを取り戻した。

「もったいないお言葉でございます」

さすがに高揚《こうよう》はしているらしく頬《ほお》を赤くはしていたが、にこりともしない表情はなんとも小癪《こしゃく》である。普通の娘が帝からそのような言葉を賜《たまわ》ったら、天にも昇る心地で浮かれまくってしまうだろうに。

そののち祇子達が出ていくと、あんのじょう千草はすぐに噛《か》みついてきた。

「まあなんでしょうか。主上のお褒めを賜っておきながら、あのふてぶてしい態度は」

どうやら考えていたことは全員同じだったらしく、勾当内侍《こうとうのないし》も小さくうなずいた。

もちろん伊子も同意だったが、それを口にしてはこの場で祇子への批難大会が始まりかねない。承香殿ならともかく、詰所でそれは避けたい。

「あれだけの腕前なのですもの。きっと褒められ慣れているんでしょう」

「されど相手は主上ですよ」

珍しく勾当内侍が不満げな声をあげたので、なだめるように伊子は言った。

「だって私達に対してしおらしくする必要はないから。きっと主上の前では、神妙にふるまうでしょうよ」

祇子が自分の役割を心得ているのなら、まちがいなくそうするだろう。うがって考えるのなら、手ずから帝の衣装を仕立てたことだって計算の上なのかもしれない。きっと帝は興味を持つだろうし、そうなったら功労者として祇子の名前をあげぬわけにはいかない。それを考えたら、滑り出しはうまくやったというべきだろう。

御衣櫃に収められた輝くような衣を見下ろし、しみじみと伊子は言った。

「手に職をつけると、こういうときに役立つのね」

「……尚侍《かん》の君《きみ》。それは使い方がちがうと思います」

遠慮がちに勾当内侍が突っこんだ。手に職をつけるというのは生活を安定させるための手段で、玉《たま》の輿《こし》に乗るための言葉ではない。もちろん今回の件は、帝のお召しを望む祇子にとって、このうえない幸運にはちがいないだろうけれど。

正直なところ、伊子は祇子の動向にあまり関心がなかった。不遜《ふそん》を承知のうえで帝が自分を諦めてくれるのなら、桐子を愛そうが祇子を愛そうが構わなかったからだ。

しかしそのいっぽうで桐子のことを考えると少なからず心が痛む。

たとえ良かれと思ってのこととはいえ、父親の仕打ちを娘である桐子はどう受け止めているのだろう。高慢で感情的で幼稚で、腹立たしいことこのうえない。だけど不思議な魅力を持つ、若く美しい妃の顔が思い浮かび伊子はやるせない気持ちになるのだった。

翌日の水無月晦日《みなづきのみそか》は、夏越祓《なごしのはらえ》である。

この日は半年間の心身の穢《けが》れを祓う行事が、朱雀門《すざくもん》で行われる予定になっている。

その朝もいつものように御手水《おちょうず》の間で召しかえをした帝は、自分の衣が仕立てなおされていることにすぐに気がついた。

「特に肩のあたりのゆとりが程よくて、実に心地よいよ」

袖口《そでぐち》をつまみながら、帝は蝶のように腕を広げて見せた。召しかえを手伝う四人の命婦と蔵人も「まことに」とか「いつもより着付けやすかったです」と口々に述べた。

小障子《こしょうじ》の前で控えていた伊子は、ほっと胸を撫《な》で下ろした。祇子を嫌っている女房達は面白くないだろうが、仕立てが合わなかった場合、祇子にどんなふうに伝えたらよいかのほうが気がかりだったからだ。

「新しいものも用意致しておりますので、御所望《ごしょもう》とあらばいつでもお申しつけください」

伊子の言葉に、帝は意外な顔をする。つい最近までの貞観殿の混乱ぶりを考えれば、とうぜんの反応だ。分かっているとばかりにうなずくと、伊子はあらためて口を開いた。

「新しいものの仕立ても、いまお召しのものの仕立てなおしも、すべて御匣殿がお一人でなさったものでございます」

帝は驚きに目を見開いた。

「すべてを一人で？」

「ご本人がそうおっしゃいました」

帝の瞳に、かすかな不審の色が浮かんだ。帝は祇子の出仕目的を知っているから、自己申告を鵜呑《うの》みにして、良い話を素直に受け止めるのは抵抗があるのかもしれない。

「まことでございます。主上がご称賛あそばされた御匣殿の衣も、女房ではなくご本人が仕立てておられたそうです」

「なんと、まことか？」

「はい。思うに御匣殿は、織女星《しょくじょぼし》の力を授けられた女人《にょにん》なのかもしれませぬ」

日本では織姫《おりひめ》の名で知られる織女星は、織物や裁縫の名人とされる。来月の乞巧奠《きっこうてん》（七夕《たなばた》の宮中行事）を控えての伊子の喩《たと》えに、帝は硬くなりかけていた表情を和《やわ》らげた。

「さようか。御匣殿はさほどに裁縫の達人であったのか」

帝は胸元に視線と落とすようにして、自らがまとう衣をしみじみと眺めた。

「確かに、この衣の出来栄えは達人の技でしかない」

「御意《ぎょい》にございます」

「天晴《あっぱれ》なことだ。御匣殿になにか褒美《ほうび》を授けよう」

唐突《とうとつ》とも思える帝の言葉に、伊子はもちろん簀子《すのこ》に控えていた命婦と蔵人もきょとんとする。

（え？　これまでの祇子への無関心ぶりを知っているだけに、この反応は驚きだった。これはひょっとして……）

帝は祇子に興味を持ったのだろうか？　自分の身体《からだ》にあう心地よい御衣を、あっという間に仕立て上げた織女のような女人に関心を示したのだろうか？

　とっさに桐子の勝気な表情が思い浮かび、伊子は複雑な気持ちになった。

　かまわず帝は伊子にむかって言った。

「絹と香、尚侍の君ならどちらを望むか？」

「わ、私でございますか？」

　伊子は思わず自分を指さしてしまった。

　同じ女人ということだからか気軽に帝は訊くが、これはなかなかの重圧だった。単純に考えて好みがある。特に絹にかんしては、衣装にこだわりがありそうな祇子の望むものを自分が選べるとは思えなかった。

（とはいえ好みじゃない香なんて、もらっても宝の持ち腐れだから）

　調合次第かもしれないが、伊子は昔から竜脳《りゅうのう》の香りがあまり好きではなかった。

　しばし首を傾《かし》げて思案したあと、伊子はぱっと顔を輝かせた。

「白絹を差し上げたらいかがでしょうか？　御匣殿でしたら、きっと自分の好みに染め上げられると思います。あるいは繍物《ぬいもの》（絹布に刺繍《ししゅう》を施したもの）として仕上げられるかもしれません」

　妙案を思いついたとばかりに意気込んで語る伊子に、かえって帝は気圧《けお》され気味の表情になる。

「さ、さようか……」

「はい。どのような衣に仕立て上げられるのか、楽しみでございますわ」

祇子は好きではないが彼女の装《よそお》いは好きなので、それを見られるのは単純に楽しみだ。

やけに興奮する伊子に、帝はどこか拍子抜けしたように言った。

「ならば尚侍の君。私の名代で、御匣殿に絹を届けてあげてくれ」

「承《うけたまわ》りました」

選択の重圧から解放された伊子は、晴れ晴れとした声をあげた。


それからほどなくして、伊子は千草に絹を持たせて貞観殿にむかっていた、先立って出した遣いの者が、祇子は登花殿ではなく貞観殿にいるのでそちらにおいでいただきたいという伝言を持ってきたからだ。

滝口《たきぐち》付近を通り過ぎたとき、思いだしたように伊子は言った。

「まさか本当に、御匣殿として勤められるとは思わなかったわ」

「それも作戦ですよ。ご自分の裁縫の腕を帝に見せつけるための」

千草はどこまで懐疑《かいぎ》的だ。思惑はどうあれ、裁縫の腕を見せたことで、結果的に祇子は帝の関心を得ることに成功している。和琴《わごん》に琵琶《びわ》、あるいは和歌に長《た》けた女人は帝も見飽《みあ》きているのだろうが、裁縫はなかなか穴だったのかもしれない。

（そういえば私を気になさられるようになったきっかけも、あの俗《ぞく》っぽい説話集だったからねえ）

それに比べると裁縫のほうが随分《ずいぶん》とましな気はするが、あるいは帝は高貴な女性に囲まれすぎて、逆に変な方向に触手が働くようになったのかもしれない。そもそも十六歳も年長の伊子に本気で想いを寄せているあたりが、すでに普通の感覚ではない。

十六歳の今上《きんじょう》は、容姿、人柄、頭脳とすべてが人並み以上のものを持ち、一見して非の打ちどころがない青年にもかかわらず微妙にずれた部分がある。

（似ている、誰かに）

そう伊子が思ったとき、弘徽殿の殿舎から出てきた嵩那と鉢合《はちあ》わせをした。

いままさに思っていた人の登場に、伊子は噴き出しそうになった。

「ああ、大君《おおいきみ》。王女御《おうのにょうご》のところにですか？」

茈子は親王の娘という孫王である身分から、そのように呼ばれている。嵩那は異母兄の娘で幼くして両親を亡くしたこの姪を不憫に思ってなのか、以前より弘徽殿には足しげく通っていたのだ。

「いいえ、貞観殿に参るところですわ」

地味に話題となっている場所に、嵩那は訝《いぶか》し気な顔をする。そして千草が持つ絹に、その瞳に浮かぶ疑念の色をいっそう濃くした。

「宮様、実はですね」

素早く千草が状況の説明をはじめる。

話を聞き終えた嵩那は、なるほどとばかりに絹と伊子の顔を見比べた。

「驚きましたね。御匣殿がさように裁縫の達人だったとは」

「私も驚きましたわ。日頃お召しになられている御衣装も、手ずから染めて縫《ぬ》われておられるそうです」

「なんと、それは大したものでございますな」

「主上《おかみ》もそのように仰《おお》せで、少なからず御匣殿に興味をお持ちのようでございました」

「え？」

嵩那は耳を疑うような顔をした。御手水の間での命婦達と同じ反応だ。特に嵩那は現場を見ていないから、信じられないのもしかたがない。

「それで香と絹の、どちらが下賜品《かしひん》としてふさわしいか意見を求められたものですから、これから自由に扱える絹が一番お喜びになるだろうと申し上げました」

得意げに語る伊子に、嵩那はなんとも複雑な表情を浮かべていた。

なぜ嵩那がそんな反応をするのか、伊子には分からなかった。

「宮様？」

「あ、いえ……よいご判断だと思います」

などと口では言いながらも、嵩那の口調は歯切れが悪かった。

伊子は首を傾げた。しかし祇子を待たせている状況では追及もできない。それでしかたなく嵩那に別れを告げると、足早に貞観殿にむかったのだった。


貞観殿に着くとすぐに、見覚えのある女房に出迎えられた。

しかし彼女の案内で奥にと進んだ伊子は、すぐに不審を抱く。

祇子の出仕でさぞ様変わりをしているだろうと思っていた貞観殿が、相変わらず落ちつかない空気に包まれていたからだ。

（いえ、前より悪くなっているかもしれない）

伊子は神経を研《と》ぎ澄ませて、周囲を観察した。

室内は悪い意味での緊張が張りつめていた。女房達はそれぞれに作業をしているが、雑談のひとつもしていない。おしゃべりは過ぎても困るが、まったくない仕事場というのもそれはそれで気が張りすぎて困りものだ。

（えっと、御匣殿は？）

伊子はきょろきょろとあたりを見回し、祇子の姿を探し求めた。

大勢いる女房達から離れた母屋《もや》の中に祇子を見つけたのは、その直後だった。光が入るように御簾《みす》を上げた母屋で、羅《ら》の几帳《きちょう》の横に祇子は座っていた。

すぐに声をかけようとした伊子だったが、思わず口をつぐんだ。というのも布にむきあっている祇子の横顔が、あまりにも一心不乱過ぎて憚《はばか》られてしまったからだ。

祇子は右手に小刀を握り、布を裁《た》っている最中だった。慣れぬ者なら触れることすらためらう高価な絹地を躊躇《ちゅうちょ》なく裁つことができるのは、それだけ自分の腕に自信があるからだ。白くほっそりした指に握られた小刀が、布の上で滑るように動いてゆく。

祇子の一連の手際《てぎわ》に、伊子はすっかり目を奪われていた。身分のある女人がここまできぱきと働く姿をはじめて見たが、それはけして品のないものではなく、見ていて非常に爽快《そうかい》なものだったのだ。

（これは織女も斯《か》くやではなく、織女も裸足《はだし》で逃げ出すかもしれない）

完璧《かんぺき》な舞を鑑賞するような気持ちで眺めていると、痺《しび》れを切らしたのか千草が小突いてきた。それで伊子はようやくわれに返った。そうだ。自分は帝の遣いで来たのだった。

「裁縫《さいほう》をなさるときの御匣殿はいつもあのようで、なかなかお声が掛けにくくて……」

先導役の女房が遠慮《えんりょ》がちに漏《も》らした。その言葉に伊子は眉《まゆ》を寄せ、短い思案のあと千草以外の女房を下がらせた。その間でも、祇子は気付かずにずっと作業をつづけている。

「御匣殿」

伊子の呼びかけに、祇子はとうとう手を止めた。小刀を握ったまま、ひどく興醒《きょうざ》めしたふうに顔をむけた。

「ああ、申し訳ございません、気付か――」

「女房達があなたの指示を待っていますよ」

祇子は意味の分からぬ顔をした。

伊子の物言いが平淡だったからか、自分が咎《とが》められたのだと分からなかったようだ。

「はい？」

「やることが分からなくて、右往左往《うおうさおう》しています。どうぞ指示をお授けください」

祇子はようやく、伊子の意図を理解したようだった。そのうえで彼女は柳眉《りゅうび》を寄せ、あからさまに不快の念を示した。

「お言葉ですが、あの者達に任せるよりも私一人でこなしたほうがうまくできますわ」

これは随分大きく出たものだと、伊子は腹が立つより呆《あき》れた。確かに一枚の衣装ならそれでもいいが、一日で十枚を仕立てろと言われたらどうするつもりなのだろう。

とはいえここでそれを口にしては、子供の口喧嘩《くちげんか》と同じになってしまう。ぐっと怒りを呑《の》みこみ、努めて冷静に伊子は言った。

「ですが、あなたは別当《べっとう》です」

別当とは長官。すなわち責任者である。

侍妾《じしょう》の性格が濃い実情はさておき、本来の御匣殿別当の役割は貞観殿で働く女房や女官を采配《さいはい》することだ。極端に言えば、裁縫にかんしては知識さえあれば多少腕がまずくても構わない。指導者に求められることは、人を使う能力なのだ。

もちろん祇子が、そんな役割で出仕をはじめたわけでないことは知っている。あくまでも彼女の目的は、帝の目に留まって寵《ちょう》を受けることだ。

ならば貞観殿に出入りをするなと、伊子は言いたい。

現状では祇子の存在を気遣うあまり、女房達は完全に委縮《いしゅく》してしまっている。たとえ帝に優れた衣装を提供できても、いまのように入り浸られては、貞観殿の将来を考えれば祇子の存在は弊害《へいがい》にしかならない。

そう考えた伊子は、諭《さと》すように告げた。

「高い位階を賜《たまわ》った者には、相応の責任があります」

一瞬ぽかんとしたあと、祇子は唇をぎゅっと一文字《いちもんじ》に結んだ。

帝の侍妾となることを前提で出仕をはじめた彼女からすれば、伊子の言い分は納得できないだろう。せっかく自分の腕を生かして帝に尽くしていたというのに、頭ごなしに見当違いの役割を求められたとしか受け止められないかもしれない。

（そう思われても、しかたがないことだわ）

挑むように自分を見つめる祇子にかすかな良心の呵責《かしやく》を覚え、伊子はかなたに視線をうろつかせた。

（これ傍《はた》から見たら、いびっているように見えるんだろうなあ）

千草以外の女房を下がらせたのは、新参者とはいえ上臈《じようろう》に注意をするのだから、人目を気遣うべきだと考えたのだ。しかし結果として、自分のきつい姿を人目に触れさせない形になってしまった。

祇子はふて腐れたまま顔をそむけている。それでもなにも反論してこないのは、表向き伊子の言い分が正論だからだ。

心の中でそっと息をつくと、伊子は少し口調をやわらげた。

「少々厳しいことを申しましたが、主上はあなたが手掛けられた御衣を事のほかお気に召されておられました」

祇子は不意をつかれたように目を瞬かせた。ここにきて褒められるとは思っていなかったのかもしれないが、言うまでもなく伊子の本来の目的はこちらである。

千草に命じて、絹を祇子の前に置かせた。

「主上からあなたへの賜り物です」

伊子は告げたが、祇子は返事もせず放心したように膝先の絹を見下ろしている。

あからさまに歓喜の表情を見せるものと思っていたが、むしろ驚きのほうが強いように見える。

「さしでがましいことかもしれませぬが――」

伊子は切り出した。祇子はようやく顔をあげた。しかしその目には、如実《にょじつ》に戸惑いの色が浮かんでいた。

「主上はあなたにご関心をお持ちのようでした」

祇子は両手で口許《くちもと》をおおった。白魚のような十本の指のむこうから、言葉にならぬ声が漏れた。

思った以上に大仰《おおぎょう》な反応に、伊子はひるんだ。

確かに帝は祇子に興味を示したが、はっきりとした意志を口にしたわけではない。

――軽はずみだったかもしれない。

そんな後悔がちらりと脳裏《のうり》をかすめ、伊子はひどく不安な気持ちになった。


その翌々日の文月《ふみづき》二日、御所でちょっとした騒動が起きた。

「鼠《ねずみ》の死骸《しがい》が転がっていた？」

承香殿で着付けを済ませて清涼殿にむかおうとしていた伊子に、掃除《そうじ》をしていた女嬬《じょじゅ》から聞いたのだと女房が報告に来た。女嬬とは宮中の雑事を担当する下級の女官である。

「はい。弘徽殿と登花殿をつなぐ渡殿《わたどの》に転がっていたのを、今朝掃除のときに見つけたと申しておりました。鼠とはいえ死穢《しえ》ですから、一応清めが済むまでは迂回《うかい》していただくようにとのことでございます」

「分かりました。もっともあそこは滅多《めった》なことじゃ通らないから、差支えはないと思うけれど」

「二日前に通ったばかりですけど」

素早く千草に突っこまれ、伊子は軽く肩をすくめた。そういえばそうだった。帝の名代で貞観殿の祇子を尋ねたときは清涼殿から向かったので、弘徽殿と登花殿を通って貞観殿に入ったのだ。

とはいえ伊子が拠点とする承香殿と清涼殿からは、件《くだん》の渡殿はまず使わない。仮にどこかの渡殿が使えなかったとしても、基本的に御所の殿舎はたいていが二つ以上の渡殿とつながっているので迂回すればすむことだった。唯一の例外が雷鳴壺《かんなりのつぼ》（襲芳舎《しゅうほうしゃ》）で、北側の最奥にあるこの殿舎は、南の梅壺《うめつぼ》と一本の渡殿でのみつながっていた。

「弘徽殿の方達が登花殿に行くことはないでしょうけど、登花殿の方々は、今日は少し不自由を強《し》いられるかもしれないわね」

必然的に伊子の頭の中に、祇子の顔が浮かんだ。雷鳴壺ほどではないが登花殿も、七殿五舎の後宮の中では渡殿が少ない場所だった。南の弘徽殿と西の貞観殿に、それぞれ一本通路があるのみである。

（そういえば……）

伊子の注意を受けたあと、祇子は昨日も貞観殿に行ったのだろうか？　言うだけ言ってすっかり確認を怠《おこた》ってしまっていたが、貞観殿の女房達が八つ当たりなどされていなければよいのだが。

清涼殿に向かう途中、思い出したように千草が言った。

「それにしても、どうしてそんなところに鼠が死んでいたんでしょう？　普通は厨屋《くりや》とか米蔵でしょうにねえ」

そういうものなのかと伊子は思った。左大臣《さだいじん》家の大姫という立場は、鼠が出るような場所に足をむけるものではなかった。

「そういえば御匣殿のことですが――」

千草の口から出た祇子の呼称に、伊子は足を止めた。

「どうだったの？」

「あちらの女房から聞いたのですが、昨日は貞観殿にお渡りにならなかったそうです。ですが貞観殿で請け負う仕事の一部を登花殿に運ばせたそうですよ」

伊子はあぜんとした。自分のふるまいが貞観殿の者達を委縮《いしゅく》させている。そのことを祇子が自覚して、貞観殿への出入りを止めることまでは想像ができた。出仕の目的を考えれば、意に沿わないまま御匣殿として采配をふるうよりそのほうが楽だろう。もちろん伊子の注意を、祇子が素直に聞き入れたことは意外ではあったが――。

しかし仕事の一部を、自分の殿舎に持ってこさせるとは思わなかった。確かにそうしてくれれば貞観殿の女房達も気を遣う必要はない。

(つまり、そこまでして裁縫《さいほう》をしたいということ？)

むしろそれが一番の驚きだった。しかしあの名人芸といっても良いほどの鮮やかな布捌《さば》きを考えれば、分かる気がした。きっと祇子にとっての裁縫とは、女人《にょにん》としての教養を誇示するための手段ではなく、純粋に好きでたまらない行為なのだろう。

「それだけ裁縫に通じているのなら、少し頭を切り替えれば貞観殿の女房達を采配できそうだけどね」

「え～、指導と現場はちがいますよ」

「それはそうだけど、裁縫の知識がまったくない人間には段取りが分からないでしょ。裁縫にかんする行程を俯瞰《ふかん》して、複数の人間にどう役割を分配するのかを考えるのは、経験者にしかできないことだわ」

実際に帝の御衣を仕立てたときは、簡単な部分を女官達に分担させて早々と仕上げてきたのだから、その気になればできそうなものだ。

伊子の説明に千草はいったん口をつぐんだが、すぐに反論を唱えてきた。

「でも、それが一番難しいいんじゃないんですか？」

「うん、まあね……」

もっともな千草の指摘を、伊子は認めるしかなかった。内侍司《ないしのつかさ》の長として、伊子が日々頭を痛めていることもそれだからだ。勾当内侍《こうとうのないし》という頼りがいのある次官のおかげでなんとかなっているが、彼女がいなかったらと思うと本当にぞっとする。

だが手を抜くことなどできなかった。なにしろそれが現状で伊子ができる、唯一の帝への意志表示なのだから。

あくまでも尚侍《ないしのかみ》として、帝の必要欠くべからざる存在になる。

職務をきちんと果たすことで、その意志を帝に突きつけるのだ。心のうちに言い聞かせると、伊子は清涼殿にむかう道を歩きつづけた。


翌日三日の夜。またもや鼠の死骸が見つかった。

今度は登花殿と貞観殿を結ぶ渡殿だった。偶然そこを歩いていた女房が目にして、御所どころか朱雀門にまで届くのではと思うような、ものすごい悲鳴をあげたのだ。

とうぜん御所中の人間が集まってきて、女房のみならず残っていた官吏《かんり》達もその現場を目にすることとなった。その結果、昨日の件もあるので、ひょっとしてどこかの床下に鼠が巣を作っているのではないかという話になり、明日明るくなってから調べてみることになった。

それが半刻ほど前の話である。

「しかし御所の柱などを見ても、特にかじられた跡もないのですがね」

大殿油《おおとのあぶら》の明かりが映る御簾《みす》のむこうで、嵩那はしきりに首を傾《かし》げた。今宵《こよい》が宿直であった彼は、鼠騒動のさい現場に居合わせ、そのまま承香殿にやってきたのだった。

「間近で鼠が巣を作っていると、そのようにかじられた跡が多くなるのですか？」

伊子は尋ねた。千草と話していたときもそうだったが、伊子は鼠の生態など知らないので、嵩那がなにを疑問に感じているのかが分からなかった。

（ほんとうは宮様とて、鼠などに詳しいはずがないのだけれど……）

普通に育ちを考えればそうなのだが、嵩那だと思うと不思議と納得できる。以前にも彼は、蟬《せみ》の幼虫の話を長々としていた。

「はい。鼠は硬いものをかじって前歯を定期的にけずらないと、無尽蔵《むじんぞう》に伸びて命取りになるらしいのです。なんとあわれな生き物でしょうか」

しみじみと嵩那は語るが、前歯が無尽蔵に伸びた鼠がどういう風貌《ふうぼう》になるのか伊子には想像がつかなかった。しかし鼠がそのような習性を持つ生き物なら、嚙《か》み跡がまったく見つからないというのは、やはり不自然である。

とはいえ伊子の頭の中は、別の疑問のほうが大きく占めていた。

「女房はともかく掃除を請け負う女孺《じょじゅ》達でさえ、御所では生きた鼠を見たことがないと言うのですから、巣を作っているとは思えないのですが」

「では何者かが、嫌がらせのために死骸を置いたのかもしれませんね」

嫌がらせという不穏な言葉に、伊子は御簾の内で目を見開いた。

しかし鼠がいないとされる状況で、立てつづけに二つもの死骸が見つかったのだから、誰かが故意にやったということは十分考えられる。

「嫌がらせって、いったいなにに——」

そこで伊子ははっとする。

死骸が置かれていた渡殿は、双方ともに登花殿に通じる場所だ。そしてそこの主人である祇子は、以前より御所の女達から嫌われていた。

そこまで考えて、伊子は眉《まゆ》を寄せた。

弘徽殿の者達はちがうが、他の女官達はほとんどが伊子の部下になる。その彼女達を疑うことは忍びなかった。

（だいたい御匣殿が出仕をはじめて、十日ぐらい経っているのにいまさら——）

否定しようとして、ふたたび思いつく。

いや、きっかけはある。御衣をきっかけに帝が祇子に興味を持ったということが知れ渡っていたとしたら、それは十分嫉妬《しっと》の対象になる。あの場には命婦のみならず蔵人達も同席していたから、あっという間に噂《うわさ》は広まっているだろう。

そしてその翌々日の朝、鼠は捨てられていた。

「……ひょっとして、御匣殿に対してでしょうか？」

「その可能性はありますね」

恐る恐る口にした伊子とは対照的に、あっさりと嵩那は答えた。

その反応に伊子は合点《がてん》がいった。鼠騒動のあと嵩那が訪ねてきた理由は、このことを伝えたかったからなのだ。

「主上《おかみ》が御匣殿に関心をお持ちのようだと、その噂はすでに殿上人《てんじょうびと》達の間にも広がっていますからね。御匣殿の出仕で娘の入内《じゅだい》を阻《はば》まれた大納言などは、そりゃあ面白くもないでしょう」

そこで嵩那はいったん言葉を切った。

「されど朝臣《ちょうしん》達の仕業《しわざ》ではないと思います。このうえなく陰湿な手段であることに間違いありませんが、嫌がらせにしてはあまりにもささやかすぎます」

確かに、朝臣が手ずから鼠一匹を置いてゆくことは考えにくい。人を使ってするにしても、もう少しそれとはっきり分かる行為でなければ嫌がらせの意味がない。

「ともかく、明日以降も注意をしたほうが良いでしょう」

嵩那の心添えに、伊子は表情を硬くした。

「では明日以降も、同じことが起こりうると？」

「可能性はありますね」

あっさり肯定されて、伊子は糸を張るようにぴんと背筋を伸ばした。

「宮様が仰《おお》せのとおり朝臣の仕業でないのなら、後宮の女人達の手によるということも考えられますね」

「その可能性はあります。もちろん鼠が巣を作っていなければの話ですが……」

「女官達の仕業だとしたら、放っておけませぬ」

きっぱりと伊子は言った。

「嫌がらせという行為はもちろんですが、鼠一匹とはいえ御所に死穢《しえ》を持ちこむことは罪になります。かような行為を尚侍として見過ごすわけにはまいりませぬ」

いまの段階では、さしたる罪には問われないだろう。しかし咎《とが》められないのを良いことに、このまま増長されたら大変なことになりかねない。

伊子の強い口調に、嵩那は少々臆したように言った。

「見過ごすわけにはいかないとは、また手厳しい……」

「いまの段階なら、まだ穏便に済ませられますゆえ」

嵩那がはっと息を呑《の》む気配が伝わり、伊子は深くうなずいた。

幸いにして祇子は、まだ自分への嫌がらせの可能性に気付いていない。あるいは薄々勘付いているかもしれないが、少なくとも声は上げていない。ならばいまのうちに対処をすることが肝要《かんよう》だ。万が一にでも事が大きくなって右大臣《うだいじん》まで巻きこむようなことになったら、女同士の嫌がらせでは済まなくなる。

そうなったら、もはや自分の部下を守れない。

「なるほど。確かにおっしゃる通りですね」

納得したように嵩那は言った。

「ひとまず明日の点検を待ってからでしょうが、私も今宵は登花殿付近に気を配るようにしておきます」

「よろしくお願いいたします」

伊子が頭を下げたとき、嵩那の従者が彼を呼びにきた。さすがにいつまでも宿直所《とのいどころ》を離れているわけにはいかないようだ。

「すみません。また長居をしてしまいました」

苦笑交じりに言うと、嵩那は立ち上がった。

「いえ、おかげで気が引き締まりました」

そう伊子が答えると、嵩那は御簾越しに伊子を見下ろした。

「大君《おおいきみ》」

「はい？」

「あなたの下で働く女人達は、幸せですね」

伊子は目を瞬かせた。一瞬なにを言われているのかと思ったが、ほどなくして意味を理解すると面映《おもは》ゆさに顔が赤らんだ。なにか気の利《き》いた返事をしようとしたが、とっさに言葉が思い浮かばない。だからごにょごにょと口ごもったあげく、かろうじて「さようなことは……」と言うしかできなかった。

対して嵩那は小さく笑いを漏《も》らし「では」と短く言って、黒方《くろぼう》の薫《かお》りを残して立ち去って行った。

翌日。結果から言うと、鼠の巣は見つからなかった。

だがそれ以降は死骸《しがい》が見つかることもなくなったので、この件はそのまま話題に上がらなくなった。もちろん嵩那が伊子に示唆《しさ》した「祇子への嫌がらせ」の可能性も、人々の間ではまったく話題にのぼらなかった。そのことになにより伊子は安堵《あんど》した。

迎えた七月七日。この日の御所は、乞巧奠《きっこうてん》の準備で朝から忙しかった。

乞巧奠とは七夕《たなばた》の行事で、牽牛織女《けんぎゅうしょくじょ》の二星の逢瀬《おうせ》を祝って宴《うたげ》が行われる。御所では清涼殿の東庭に祭壇《さいだん》を設け、管弦や詩歌《しいか》の宴が催《もよお》されることになっていた。

昼過ぎてから、伊子は勾当内侍《こうとうのないし》と一緒に祭壇に供《そな》える品々の確認を行っていた。

文月に入ってから日中の暑さは峠《とうげ》を越していたが、それでも身体《からだ》を動かすとまだ汗ばむ日々がつづいている。

供え物は、瓜《うり》に茄子《なす》等の夏の野菜。鯛《たい》に蒸し鮑《あわび》の海の幸《さち》を皿に盛る。香華《こうげ》として桔梗《ききょう》に禊萩《みそはぎ》、撫子《なでしこ》等の花々を花瓶《かびん》に生けて趣向を凝《こ》らす。機織《はたお》り、裁縫の腕が上達するようにと供えるものは、五色の布と糸である。

夕暮れの頃にはすっかり準備は終わり、あとは星が上がるのを待つのみとなった。

「やあ、これは見事な出来栄えだね」

朝餉《あさがれい》から庭を一望した帝は、感心したように言った。先程までは昼御座《ひるのおまし》で執務にあたっていたが、一段落ついて戻ってきたようだった。

称賛の言葉を賜《たまわ》り、伊子と勾当内侍は得意げに目配せをしあう。付近に控えていた女房達も嬉しそうな顔をしている。

「ありがとうございます。今年は桔梗の花の開きが遅くて、女嬬《じょじゅ》達が探すのに苦労をしたそうですわ」

勾当内侍の言葉に、帝は花瓶にさした青紫の花に目をむける。

「そうだったのか。そういえば卯月《うづき》の賀茂祭《かものまつり》のときも、義母上《ははうえ》が今年は二葉葵《あおい》が不作で困ると頭を抱えておられた。今年は野椎神《のづちのかみ》（草の神）もご機嫌斜めと見える」

帝が言う義母上というのは、嵩那の同母姉の賀茂斎院・脩子《ながこ》内親王のことである。彼女は帝の養母で、かつ伊子の長年の親友でもあった。

そういえば、そんなことがあったと伊子は思いだした。ただしあれは頭を抱えていたというより、癇癪《かんしやく》を起こしていたというべきふるまいだったとは思うのだが。

「それにしても今年は藤壺が下がっているので華やぎに欠けるかと危惧《きぐ》していたが、あなた達を見ているとそのような心配もなさそうだね」

思いもよらない帝の言葉に、伊子と勾当内侍は目を見合わせる。周りで控えていた女房達は単純に歓喜の声をあげるが、人柄はともかく、若さと美貌《びぼう》ではどこの女房達より優れていた藤壺の女達と比較されるのはなかなかに面映ゆい。

「まあ、主上もお上手ですこと」

勾当内侍が控えめに返した。

「されど華やぎにかんしては心配することはございませぬ。本日は藤壺にお仕えしている女房達の幾人かも、御所に上がって宴に参加されるそうですから」

まちがいなく右大臣の意向である。さすがに妊娠《にんしん》中の娘を連れてくることはしなかったが、里帰りをしている間も、御所での自分の娘の地位を誇示する狙いにちがいない。

「ああ、右大臣から聞いているよ。ならば御匣殿も久しぶりに同僚に逢《あ》えるだろうから、喜ばしいことだ」

帝の口から祇子と右大臣の名が同時に出たことに、伊子は複雑な気持ちになる。あれだけ思わせぶりを口にしながら、帝はまだ祇子を寝所に呼んでいなかった。自分が気にすることではないと思うが、祇子に期待を持たせるようなことを言ってしまった手前、どうしてもやきもきもしてしまう。

「織女を祭る七夕は、御匣殿が参加をするのに一番ふさわしい宴だ。彼女がどんな装《よそお》いを凝らしてくるのかを楽しみにしているよ」

なかなかの直接的な言葉に、女房達がざわついた。

あるいは帝は、今宵《こよい》こそ祇子を召すつもりなのかもしれない。

しかし、それは絶対に無理な話だった。

「畏《おそ》れながら、御匣殿は今宵の宴には参加なされませぬ」

恐縮のていで伊子は言った。隣で勾当内侍も気まずげな面持《おもも》ちを浮かべている。

とうぜん帝は訝《いぶか》し気な顔になった。

「参加しない？」

「はい。……月のさはりでございます」

帝は目を瞬かせた。

月のさはりとは月経のことで、この期間は不浄《ふじょう》の身とされて出仕は禁止となる。もちろん神事や仏事等の儀式に参加することはできない。

三日前に月経の報告があってから、祇子は御衣の仕立てにかかわっていない。

それまでは生地を運ばせて登花殿で仕立てていたらしいのだが、不浄の身で帝の御衣に触れることは控えたらしい。それでも自分の女房を使って事細かい指示を貞観殿に出しているらしく、彼女が引き受けた御衣の仕立て自体は滞りなく進んでいるのだそうだ。

その話を聞くと、祇子の指導者としての可能性を指摘した伊子の推察は必ずしも見当違いではなかったように思う。裁縫にかんする行程を俯瞰《ふかん》して、複数の人間にどう役割を分配するのかを考えるのは経験者にしかできない。その伊子の言葉を、祇子は実践《じっせん》しているではないか。

「さようであったか」

思ったよりもあっさりと帝は言った。

「なればしかたがない。まあ、今月は相撲節会《すまいのせちえ》もあるゆえ、そのときにでも花を添えてくれるだろう」

裁縫を得意とする祇子にとって、七夕と相撲節会ではまったく意味がちがうと思う。

それにしても祇子もついていない女人《にょにん》だ。もしかしたら今宵こそ本願達成の最大の機会だったのかもしれないのに、月のさはりとは気の毒すぎる。

伊子は実に複雑な思いで、登花殿のある方向を眺めたのだった。

開宴前。伊子が化粧直《けしようなお》しのために承香殿に戻ると、千草をはじめとした女房達がぶんむくれていた。今日は実家から届いた荷物の整理を千草に任せたので、彼女は伊子についていなかったのだ。

「聞いてくださいよ、姫様！」

茵《しとね》に腰を下ろすなり、千草は詰め寄ってきた。それでも唐櫛笥《からくしげ》（化粧箱）を手にしているあたりはさすがとしかいいようがない。

「先ほど、渡殿《わたどの》で藤壺の女房達と会ったんですよ」

「ああ、もうおいでになったのね」

「おいでになりましたとも。これ見よがしに、孔雀《くじやく》のような派手な衣装で。あれは自分が持っている衣を全部かさねたにちがいありませんわ」

「まだ暑いのに、ご苦労なことね」

感心したように言う伊子に、千草はひとしきり藤壺の女房達の文句をまくしたてた。なんでも挨拶《あいさつ》を交わしたさい、衣装が地味なことを当てこすられたらしい。圧倒的な年齢差があるのだからとうぜんのことで、逆に華やかにしていれば今度は年甲斐《としがい》もないと言われかねないだろうに。

「放っておきなさいな。それしか自慢できるところがないんでしょう」

「しかも登花殿に、大量の絹や綾織物《あやおりもの》を運んでいました。きっとあれは、右大臣が御匣殿のために用意させたものですよ」

「……まあ、そうでしょうね」

伊子は適当に相槌《あいづち》を打った。祇子の衣装にかんしての右大臣の入れこみようは、嵩那も示唆《しさ》していたから驚くに値しない。

いまいち乗り気ではない伊子にかまわず、千草は元気よく文句を言いつづける。

「主上《おかみ》が御匣殿の装いを楽しみにしているように仰《おお》せだったから、右大臣もきっと急いで用意させたのですわ」

「……」

わずか半刻程前に帝が清涼殿で口にした言葉が、すでに千草の耳に入っていることに伊子は驚いた。恐るべき女房の連絡網、いや情報網と言うべきか――。

しかしそれが祇子の耳にも入っているのなら、さぞいまごろは地団駄《じだんだ》を踏んで悔しがっていることだろう。月のさはりが終われば、どれだけ気合いの入った装束《しょうぞく》に身を包んで出仕を再開するのか想像に難くない。

とはいえいっこうに祇子を召さないなど、帝の態度には釈然としないものがある。それが伊子は気掛かりで、千草の言葉に曖昧《あいまい》に同意するしかできずにいたのだった。

七日間の月のさはりが終わり、祇子は十日から出仕を再開した。

嵩那が伊子のもとを訪ねてきたのは、その翌日。亥《い》の刻《こく》になったばかりの頃（午後九時過ぎ）であった。

人払いをさせたあと、嵩那は声をひそめて告げた。

「また鼠《ねずみ》の死骸《しがい》が見つかりました」

「!?」

「登花殿の南の渡殿、つまり弘徽殿との通路です」

衝撃から、伊子は手にしていた蝙蝠《かわほり》を膝に落とした。しかし拾い上げるより先に、彼女は御簾《みす》に詰め寄っていた。

「だ、誰が？」

「分かりませぬ。またもや偶然かもしれませぬが……」

「さようなことがっ！」

無意識のうちに大きな声が出た。

偶然であるはずがない。祇子の月のさはりの間はなにも起きなかったのに、彼女が出仕を再開するやいなや、図ったように鼠が出てくるはずがない。

「何者かが、なんらかの意図を持ってしたことに決まっています」

絞《しぼ》りだすように、それでも伊子は断言した。

怒りと動揺《どうよう》で声が震える。南と東にそれぞれ一つずつある渡殿の片方だけに仕掛けたのだから、当人はそこまで大したことをしたとは考えていないのかもしれない。

だがたとえ実害がなくても、御所に死穢《しえ》を持ちこむことは罪を問われかねない。

これが女房達の仕業《しわざ》だとしたら、なんとしても止めなければ。いっそのこと全員を集めて問いただそうか？　いや、それは愚策《ぐさく》だ。そんな状況では、名乗り出るつもりがあっても名乗れない。ならばさりげなく言い含めようか？　自分の行いがどれほど大それたものだったのかを知れば止めてくれるかもしれない——。

いっぽうで伊子の中に、尚侍《ないしのかみ》としてそんな甘いことでいいのかという迷いもある。犯人が自分の行いを顧《かえり》みる期間は七日間もあった。それなのに性懲《しょうこ》りもなくふたたびの愚行に及んだ者を、そこまで擁護《ようご》することが許されるのだろうか？

思い悩む伊子を前に、嵩那は深いため息をついた。

「乞巧奠のさいの帝のお言葉が、ひょっとして嫌がらせを再開させるきっかけになったのかもしれませんね」

確かに。あの帝の言葉は、瞬く間に人々の間にも広まった。月のさはりがあけたら、今度こそ祇子を召すのではないかと、殿上人《てんじょうびと》達までも噂《うわさ》をしていたらしい。

それにしても、犯人はなぜこんな意味のない行為を繰り返すのだろう？　死骸だろうと汚物だろうと、片方の渡殿を穢《けが》すだけでは住人の生活に大きな支障はない。もう一方を使えば済む話だからだ。

それとももっと陰湿に、ひたすら精神的に追い詰めることだけが目的なのか？

加えて別の疑問も生じる。本当にただの嫌がらせだとしたら、なぜわざわざ南と東の渡殿を交互に穢すのか。三回の犯行は、すべて場所が違えられていた。二日の明け方は南の渡殿で、三日の夜は東が穢され、そして今日十一日の夜は南の渡殿が穢されていた。

（あれ？）

二日は南。三日は東。そして十一日は南。

日にちと方角が文字で思い浮かんだとき、伊子は強烈な既視感《きしかん》を覚えた。

なんだろう。なにか似たものを目にした記憶がある。しかもつい最近のことだ。

（なんだっけ？）

伊子は首をひねった。頭の中どころか、それこそ皮膚《ひふ》一枚を通してこめかみのあたりで記憶が蠢《うごめ》いているが、はっきりとした図となって浮かんでこない。

（あれ、なんだっけ？？）

もどかしさのあまり、伊子は文字通り頭を抱えこんでしまった。

「いかがなされましたか？」

御簾を隔《へだ》てても分かったのだろう。警戒するように嵩那が尋ねた。しかし考え事で頭がいっぱいになっていた伊子に返事をする余裕はなく、腹痛でも堪《こら》えているかのような唸《うな》り声をひねり出しただけだった。

「……あの、大君《おおいきみ》。具合でも?」

恐る恐る嵩那が呼びかけたとき、ようやく記憶がよみがえった。閃いたというより、絞りに絞った胡麻《ごま》から最後の油が出たという感じだった。

脇息《きょうそく》を跳ね飛ばすように立ち上がると、伊子は文机《ふづくえ》のそばに走り寄った。朝に使って机上に置いたままにしていた仮名暦《かなごよみ》を広げる。

「やっぱり……」

大殿油《おおとのあぶら》の明かりの下で、伊子は息を呑《の》んだ。

「大君、なにかわかりましたか?」

もはや嵩那も〝どうかしたのですか〟などとは訊かない。これまで御所で起きた騒動の数々を、伊子がその閃きで解決してきたのを知っているからだ。

伊子は仮名暦を手にしたまま、嵩那のほうに向きなおった。

「明後日です」

「はい?」

訝《いぶか》し気な声をあげる嵩那のもとに、伊子はにじりよる。そうして御簾に顔を寄せるようにして、ささやいた。

「明後日の十三日。今度は貞観殿側の渡殿に犯人は動きます」

「確かにあなた様方が捕らえたその女は、我が家の下仕えです」

白藍《しらあい》染めの紙に流麗《りゅうれい》な仮名文字を記した蝙蝠を揺らし、悠然《ゆうぜん》と祇子《まさこ》は答えた。

開き直りとしか思えぬその態度も、あるいは現場を押さえられて、もはや逃げ隠れはできないと腹をくくったゆえのものかもしれなかった。もっとも現状では誰も事件として認識していないから、逃げるも隠れるもないのだが。

とはいえ祇子も、事態を深刻には受け止めているようだった。なにしろ女房達を下がらせたうえで、伊子はもちろん異性である嵩那までも母屋《もや》に招き入れたのだから、きちんと話をする心積もりはあるのだろう。

十三日の夜。嵩那の従者に貞観殿側の渡殿を張らせていたところ、あんのじょう中年の女が鼠の死骸を置いて立ち去ろうとした。その直後を捕らえたのだから、犯人はもはや言い訳のしようがなかった。

そこから事を依頼した祇子の名が出てくるまではすぐで、半刻後にはこうして登花殿の奥で彼女を詰問するに至ったのである。

「鼠とはいえ御所を穢すなど、なぜさような真似《まね》をなされたのですか？」

あくまでも嵩那は遠慮《えんりょ》がちに問うが、伊子は腹立ちが抑えられずにいた。

一連の祇子への嫌がらせに、女房達がかかわっているのではとずっと心配していた。だが明らかになった真相は、祇子の自作自演というとんでもないものだった。

嵩那の問いに、祇子は蝙蝠で口元を隠したままなかなか答えようとしない。ふてぶてしい態度が腹に据えかね、伊子は厳しい口調で言った。

「方違《かたたが》えの方向をわざわざ穢して、ご自身の迂回路《うかいろ》を塞《ふさ》ごうとした理由はなんですか？」

祇子は蝙蝠の上で、大きく目を見開いた。

鼠を置いた渡殿が、登花殿から見て方違えを行うべき方向にあったことに気付いたのは十一日の夜だった。方違えとは、中神《なかがみ》あるいは太白神《たいはくじん》がいる方塞がりの方角に行動することを避けるため、一度別の方角に迂回をすることである。

中神は五〜六日周期だが、太白神は一日ごとに動く神で、月のうち一、十一、二十一日は東。三、十三、二十三日は南に滞在する。つまり本日十三日は、登花殿から見て南になる弘徽殿側の渡殿は使えなくなる。そうなると貞観殿側の東の渡殿を使うしかないが、そこに死穢があれば登花殿の者は身動きが取れなくなる。

二日の明け方に見つかった死骸が一日の夜に置かれたものとすると、鼠はすべて方違えの迂回路に置かれたことになる。

実際のところ、屋内の移動にかんしてはそれほど気にしない者も多い。登花殿にいる祇子付きの女房達も、普通に方塞がりの方向にある渡殿を使っていた。

しかし過去の記録には、皇族が内裏《だいり》を移動するさい、方塞がりを避けるために別の殿舎に移動して方違えを行ったというものもあるので、気にする者は一定数いるようだ。人によっては行動を阻まれる理由には十分なりうる。ちなみに中神も含めてこの方忌《かたいみ》の方角は暦に記されており、毎日確認できるようになっているのが一般的だった。

祇子はしばらく蝙蝠の柄を眺めるようにして視線を落としていたが、やがてぐいっと顔を起こした。

「さすが、尚侍《かん》の君《きみ》」

賞賛と皮肉が入り混じった物言いに、伊子は眉間《みけん》にしわを刻んだ。

「下手《へた》な検非違使《けびいし》に任せるより、尚侍の君のほうがよほど頼りがいあると、内裏の者達も申しておりますわ。あるいは弟君より優秀なのではないかとも」

なかなかの当てこすりに、伊子はこめかみを引きつらせた。伊子の弟の実顕《さねあきら》は検非違使庁の長官・検非違使別当《べっとう》である。無能だという話は聞かないが、特に優秀という話も聞かない。

「世事はけっこう」

ぴしゃりと伊子は言った。

「なぜかような真似をなさったのですか？　あなたが不自由な思いをするだけなのに」

そこで伊子は言葉を切り、威嚇《いかく》するような眼差《まなざ》しを祇子にむけた。

「――内侍司か弘徽殿に、濡れ衣をきせるおつもりだったのですか？」

そうやって不仲の者達を貶《おとし》めようとしたのか？　あるいは帝の同情を買おうとしたのではあるまいか？　手間暇と効果を考えれば賢明な策とは思えないが、そもそもこんな行動を取ること自体が理に適《かな》っていない。

伊子の詰問に、祇子は目をぱちくりさせた。図星だったのか、あるいはまったくの想定外だったからなのか伊子に分からなかった。

「さようなつもりは……」

歯切れ悪く祇子は言った。

「では、なんですか？」

「大君」

思わず声を大きくした伊子を、嵩那があわててなだめにかかる。

それで伊子はわれにかえった。

（いけない、冷静にならないと……）

下がらせたとはいえ、女房達は同じ殿舎にいる。大きな声を出せば、会話を聞きとられかねなかった。

「御匣殿」

伊子が落ちついたのを見計らったあと、嵩那は祇子に呼び掛けた。

祇子はそれまで伊子にむけていた視線を、嵩那にと動かした。

「いまなら私達以外、あなたのしたことに誰も気づいていません」

だから真相を告白するならいまのうちだ、そう言外に匂《にお》わせつつ嵩那はつづけた。

「こんなことが主上《おかみ》の耳に入って、もし不興を買うようなことになれば――」

「望むところです」

とつぜん開き直ったかのごとく、祇子は声を大きくした。

「桐子《ひさこ》様を疎《うと》んぜられる主上になど、好かれなくて結構ですわ」

「………」

もちろん伊子も嵩那も、彼女の発した言葉の意味が理解できなかった。

しかし祇子は、堪《こら》えていたものが爆発した、あるいは憑《つ》き物が落ちたかのように一気にまくしたてはじめた。

「そりゃあ、主上が桐子様を敬遠なさるお気持ちは分からないでもないです。本当に桐子様ときたら、頻繁《ひんぱん》に癇癪《かんしゃく》を起こすし、面白くないことがあるとすぐに八つ当たりをなさいますもの。たいていは人ではなく物ではありますが、たしなみに欠けることは言うまでもございません。それに右大臣《うだいじん》の大姫という身分にありながら、女房を介することもなく自ら声をあげてしまわれますし、殿方《とのがた》がいようと言いたいことがあれば顔を隠すことも忘れて端近《はしぢか》に出てきてしまわれます。それを乳母《めのと》に注意されれば、すぐに癇癪を起こして扇《おうぎ》を床に叩きつけるような御方です」

ものすごい勢いで、祇子は桐子の呆《あき》れた生態（？）をあげつらえた。

伊子はあぜんとする。御所での様子である程度の察しはついていたが、まさかそこまで奔放《ほんぽう》な姫君だとは思ってもいなかった。

「御匣殿、仮にも女御をそのように……」

控えめに嵩那が口を挟んだが、祇子の舌鋒《ぜっぽう》は止むことがない。

「事実ですもの。右大臣家という高貴な御家柄に、しかもあのようにお美しくお生まれになられたというのに、すべてを帳消しにしてしまうはねっかえりぶり。まことあのように残念な姫君は本朝に他にはおりませぬ。なまじお美しいだけに、まったく口惜《くちお》しくてなりませぬわ。もしも私がかように高貴な家に生まれておりましたら、右大臣家にふさわしい姫君として、この才覚と美貌《びぼう》で世間の噂をさらってみせますものを」

仮にも主人に対してえらい言いようだと、気圧《けお》されながら伊子は思った。しかもさりげなくというか、露骨に自分の才覚と美貌の自慢もしている。

祇子と桐子が二人で楽しそうにしているところを見たことがない――あの帝の言葉はどうやら本当のことだったようだ。

（でも、それだと最初の啖呵《たんか》はどういうこと？）

桐子を疎んじる帝からなど、好かれなくてもいいと祇子は言った。普通に考えて、桐子をかばう言い分にしか聞こえないのだが──。

「しかも痼瘠持ちのうえにわがままなのです。あれだけ仕えている者がいるのに、他の女房じゃ嫌だ。私が縫《ぬ》った衣しか着たくないとか言って、つい最近も山ほどの絹を送ってきたのですから。私はもはやあのお方の女房ではないというのに」

心底うんざりしていると言わんばかりに、祇子は語りつづける。

七夕《たなばた》の日。御所に上がった藤壺の女房達が、登花殿に素晴らしい絹を大量に持ちこんでいたという千草の話を思い出した。

なるほど。あれは右大臣の差し入れではなく、そういうことだったのか。

思いがけない真相に動揺《どうよう》しながらも、気を取り直して伊子は言った。

「確かに。いまのあなたは貞観殿の御匣殿で、藤壺の六条局ではありませぬものね」

だから桐子のために裁縫《さいほう》をする義務はない。気に入らないのなら断ればよい。そう同意しようと伊子はしたのだが──。

「もっともそのうち半分は私のための絹で、好きなものを仕立てなさいといつも言って下さるのでけして悪い話ではないのですが……」

さんざん批難の言葉を口にしたあとの、ここにきてのまさかの擁護《ようご》に、伊子は梯子《はしご》を外された気持ちになった。

「以前に山盛りの唐菓子《からくだもの》が差し入れられたときなども、女房から雑仕女《ぞうしめ》に至るまで平等に分けるようにお命じになられて、まったく無頓着《むとんちゃく》というか無神経というか」

祇子は完全にむくれながら語る。唐菓子のような高級品を容易に分け与えることはもちろんだが、雑仕女と同じというのも自尊心の高い女房達からすれば面白くない……はずなのだが。

（どうしてかしら。自慢にしか聞こえないんだけど）

そう。祇子自身ではなく、主人である桐子を自慢しているようにしか聞こえないのだ。

伊子は答えを求めるよう、横にいる嵩那にちらりと視線を動かす。あんのじょう彼も蝙蝠《かわほり》の内側でしきりに首を傾《かし》げていた。考えていることは、どうやら同じらしい。

（うん、やっぱりそうよね）

思いっきり脱力しながら、伊子は確信した。

御匣殿・藤原祇子は、従妹の藤壺女御こと藤原桐子が大好きなのだ。

ならば自らの足を封じこめるような真似《まね》をした理由は――。

「ひょっとしてご自身が主上のところに出向けなくなるようにと、方違えの方向を塞いだのですか？」

それまでまくしたてていた祇子が、嘘のようにぴたりと口をつぐんだ。

ああ、図星か。

想定外過ぎる動機に、伊子はがっくりと項垂《うなだ》れた。

そういえば最初に死骸《しがい》が見つかったのは、帝から絹が下賜《かし》されたあとだった。

つまり帝から関心を持たれたことで夜のお召しを危惧《きぐ》した祇子が、自らが登花殿を出られないように仕向けたのである。よほど好き者でないかぎり、上御局《うえのみつぼね》へのお召しは夜に限られている。つまり昼の道を塞ぐ必要はない。

「宣耀殿をお選びにならなかった理由は、登花殿より迂回路《うかいろ》が多いからですね」

伊子の問いに、もはや祇子は一切の言い訳をすることなくうなずいた。

つまり御匣殿としての出仕が決まったときから、祇子は帝のお召しをどうやって拒《こば》むかを考えていたのだ。太白神が別の方角に動く他の日はどうするつもりだったのは気になるが、いまはそんなことを聞いている場合ではない。おそらくあらゆる手段を駆使して、夜のお召しを受けないですむように画策したことだろう。

あまりの想定外すぎる動機に、嵩那はしばし半眼《はんがん》で祇子を眺めていた。やがてなんとか気を取り直したように尋ねる。

「な、ならば御匣殿は、主上の御寵を欲してはおられないのですか？」

「桐子様のお可愛《かわい》らしさが分からぬ主上になど、私は好かれなくてもけっこうですわ」

「………」

「もちろんあのようなお方ですから、理解していただくことは難しいものと存じます。それは主上のせいではございません。なにしろ女房達の中でも、あのお方の本当のお可愛らしさを分かっているのは、幼馴染《おさななじみ》の私だけでございますからね」

一連の祇子の発言を、最初は開き直りと桐子への悪口かと思っていた。

だが最後まで聞けば、なんのことはない。手のこんだのろけだった。私がお仕えする姫様はこんなにも可愛いと、祇子は声を大にして自慢したいだけなのだ。

見ると嵩那は、珍獣に対するような眼差《まなざ》しを祇子にむけていた。

伊子のような特殊な事情がある場合は別として、たいていの高貴な女人《にょにん》は帝の寵愛《ちょうあい》を賜《たまわ》ることにそれなりの野心を抱いている。その常識からすれば、祇子の動機は信じがたいものだろう。しかも世間一般では、祇子と桐子は不仲のように言われていたから――。

（喧嘩《けんか》するほど仲がいいって、こういうことなのかな？）

痴話《ちわ》喧嘩の仲裁《ちゅうさい》をしたような気持ちになり、伊子はすっかり疲れ果てていた。せめて人騒がせを注意するぐらいはしなければいけないのに、気力がまったく湧いてこない。

（でも、せめてなにか言わないと……）

もはや完全に開き直ったのか、昂然《こうぜん》とする祇子を前に伊子は考えこんだ。

こめかみをぎゅっと押さえてしばらく悩んだあと、ぱっと閃《ひらめ》いて指を離す。

「ならば御匣殿として、ひとかどの者におなりなさいな」

きょとんとする祇子に、補足するように伊子は言った。

「あくまでも御匣殿として、この御所に必要欠くべかざる存在になれば、主上もあなたを妃としてむかえようとは考えますまい」

祇子に対して言いながら、なんだか自分に言い聞かせている気がしてきた。

もちろん自分にしても祇子にしても、帝から本気で望まれたら拒みようがないことは分かっている。だが幸いにして十六歳の少年帝は人徳者で、女人に無理強《じ》いをするような真似はけしてしない。そのような方だからこそ、妃としては無理でも誠心誠意に仕えたいと思っている。

「わ、私にはとても……」

祇子はしばしぽかんとしたあと、ぎこちなく唇を動かした。

「はい？」

思いっきり不機嫌に問い返した伊子に、祇子は少しばかり声を大きくした。

「尚侍《かん》の君《きみ》も御存じでありましょう。貞観殿での私のことを」

人に任せるより自分でしてしまったほうが早いと、祇子はそう断言していた。

ある程度物事が自分で動かせる人間は、そのほうが楽なのだろう。しかし上臈《じょうろう》という身分の女房が下臈《げろう》や女官と同じ働きでは、高い禄《ろく》を出す意味がない。

「ならば私が、あなたを別当として教育いたします」

伊子は宣言した。

教育するという、なかなか上から目線の言葉に祇子も嵩那もあぜんとしている。

分かっている。祇子を教育するのは、きっとものすごくやりづらいだろう。元々お互いを良く思っていないうえに、このふてぶてしさだ。

それでも、この女人は買いだと伊子は思った。

美貌《びぼう》と身分に加え、好まざる事態をただ甘受《かんじゅ》せず、策略を巡らせて回避しようとする思考とそれを実行に移す行動力。桐子に対する忠義心も、少々妙な方向をむいてはいるがまちがいない。これらの要素となにより優れた裁縫の腕をうまく活用できれば、貞観殿の率《ひき》いる優秀な長官になってくれるにちがいない。

「さ、されど……」

気圧《けお》されつつも、祇子は何事か反論しようとした。これだけ頭ごなしに言われれば、反発もするだろう。彼女は桐子のように感情を表に出す女人ではないが、従姉妹《いとこ》同士で気の強さはどっこいどっこいだ。

そんな祇子を頼もしい思いで見つめながら伊子は言った。

「実は御匣殿は、帝のためだけの存在ではございませぬのよ」

「え？」

「御匣殿別当は、中宮《ちゅうぐう》に対しても任命されます。御実家の権勢から考えて、藤壺女御が中宮として叙《じょ》せられるのは時間の問題かと――」

そこで伊子は言葉を切り、祇子を見やった。帝の妃が中宮（この場合は皇后の別称）として立てられる要因は、男児を産んだかどうかよりもあくまでも実家の権勢である。

はたして祇子は、その瞳を期待に打ち震わせていた。

御匣殿としてひとかどの存在になれば、いずれ中宮となった桐子に仕えることだってできる。多少屈折した形でも二人は両思い（？）ではあるようだから、自分のために帝の妃となることを拒みつづけた祇子が仕えることを、きっと桐子も望むだろう。

その可能性を、伊子は示唆《しさ》したのだ。

「私の申し上げたいことは、お分かりかしら？」

「もちろんです！」

間髪《かんはつ》を容《い》れずに祇子は応じたのだった。

「本気で御匣殿を指導なさるおつもりですか？」

登花殿を出て少し進んだところで、心配そうに嵩那は訊いた。

中宮の御匣殿への任命の可能性をあげたとたん、祇子は二つ返事で伊子の指導を了解した。しかし元々の二人の関係を知っている嵩那からすれば、不安に思ってとうぜんだ。

「ご心配なさらず。位は私のほうが少し上ですし、歳《とし》はだいぶ上です。なによりむこうの弱みを握っていますから、そう反抗的な態度はとらないはずです」

きっぱりと断言した伊子に、嵩那は苦笑いを浮かべた。弱みを握っていると堂々と発言するのもいかがなものかといったところだろう。伊子とて誠実な手段だとは思っていないが、さりとてあのようにふてぶてしい女人を相手に正攻法など取っていられない。

嵩那はひとつ息をついたあと、軒端《のきば》を見上げるように清涼殿の方角に目をむけた。

「まことに、主上が心にもないことを仰《おお》せになられるから」

ぼやくように嵩那が口にした言葉の意味が、伊子には分からなかった。

「はい？」

「ですから主上が、あのように心にもないことを仰せになられるから、御匣殿も取り越し苦労を——」

「ど、どういう意味ですか？」

嵩那の発言を途中でさえぎり、伊子は問うた。言葉の前後から考えれば、帝が口にした心にもないこととは、祇子に興味を示した一連の発言の数々だ。

「そんなこと、言った通りですよ」

平然と嵩那は答えたが、とうぜん伊子は戸惑った。しかし考えてみれば嵩那は、帝が祇子に絹を下賜《かし》した話を聞いたときも、奥歯にものが挟まったような物言いをしていた。心にもないこと——。

つまり嵩那は、帝が口にした祇子への興味はすべて真《まこと》ではないと言っているのか？

「なぜ、さように思われるのですか？」

「本当に好きな人がいるのなら、その程度のことで気持ちが動くはずはないからです」

「……」

「宣耀殿だろうが埋もれたりつる登花殿であろうが、いえ、たとえ千里の道で隔《へだ》てられた場所でも関係ありませぬ」

そう語っている間中、嵩那はずっと正面から伊子を見つめつづけていた。

伊子は声を上擦らせた。

「で、ではなぜ、主上はあのようなおふるまいを」

侍妾《じしょう》候補の女人に褒美《ほうび》を賜るのは、朝臣《ちょうしん》に対するそれとは意味がちがう。そんなことが分からない帝ではなかろうに。

伊子の問いに、嵩那は気まずげに視線をそらしたあと小さく息を吐いた。

「少なからず、あなたに対する当てつけもあったのだと思います」

想像もしなかった答えに伊子は言葉をなくす。

つまり帝の心は、いまも変わらずに伊子にあるということだ。それも普段ならけしてしそうにもない、祇子を利用してまでも気を惹《ひ》きたいと思うほどに――。

（そういうことだったのだ……）

胸の中にさまざまな思いがあふれているのに、それ以上の言葉は出てこない。

相変わらず、なんと浅はかな自分だろう。きっかけや要因がなんであれ、帝の想いが本物だというのは思い知らされていたはずだったのに。

「……さようで、ございましたか」

なんとか言葉を絞《しぼ》りだし、辛《かろ》うじてそれとだけ応じることができた。

それきり二人は、たがいに言葉もなく高欄《こうらん》のそばで立ち尽くしていた。

嵩那は物憂《ものう》げな表情で、夜空を見上げている。

檜皮葺《ひわだぶき》の屋根のむこうに、十三日の小望月《こもちづき》が浮かんでいる。

もう少し、あともう少しで望月になれるのに、未だ満たされきれない十三夜月が静かに二人を見下ろしていた。

第二話

まこと女子《おなご》とは罪深き……？

伊子《かのこ》が嵩那《たかふゆ》から相談を持ち掛けられたのは、盂蘭盆会《うらぼんえ》の儀式が終わった直後のことであった。文月《ふみづき》の十四、五日に清涼殿《せいりようでん》で執《と》り行われるこの行事は、亡き人の霊を供養《くよう》する仏事である。儀式が終わり、伊子が女房達を采配《さいはい》して後片付けをさせているところに嵩那が声をかけてきたのだ。

「待宵《まつよい》？　ええ、存じておりますわ」

嵩那の口から出たのは、内侍司《ないしのつかさ》の下臈《げろう》の候名《さぶらひな》だった。年齢は十八歳とまだ若い。身分差も年齢差もあるのであまり話したことがなく人柄までは分からないが、てきぱきと働く娘で女房としては優秀な印象だった。

伊子は広く開け放たれた廂《ひさし》から母屋《もや》を見渡した。儀式のために準備された供物や仏具はおおかた取り払われていたが、銀色の香炉《こうろ》はまだ室内に煙を燻《くすぶ》らせている。

「あの者ですわ」

伊子が指さしたのは、淡浅葱《うすあさぎ》の唐衣《からぎぬ》を着た若い女房だ。檀《だん》の前に座って、仏具を桐の箱に片づけている。服装といい顔立ちといい派手なところはなかったが、目鼻立ちのひとつひとつが小さく整っていて、見る者に清楚《せいそ》な印象を与える。なにより目を惹《ひ》くのは、華奢《きやしや》な背中を覆《おお》いつくす豊かで艶《つや》やかな黒髪だった。

「なるほど。なかなか可愛《かわい》らしい娘ですね」

素直な口調で嵩那は言った。

「それで、待宵がどうかしたのですか？」

伊子の問いに、嵩那は蝙蝠《かわほり》で口許《くちもと》を隠しつつ声をひそめた。

「実は彼女、私の友人の恋人でして」

「友人？」

「右将監《うしょうげん》です」

伊子は怪訝《けげん》に思った。右将監とは右近衛将監《うこのえのしょうげん》のことで、右近衛府の判官《じょう》（三等官）になる。位は従六位上で殿上人《てんじょうびと》ではないが、下臈の相手としてはさほど不釣り合いではない。ましてや嵩那の友人だとしたらまだ若いだろうから、今後官位が上がる可能性はある。

伊子が不思議に思ったのは、その位の者と嵩那が友人関係にあることだった。

表情から疑問を察したのだろう。嵩那は補足するようにつづけた。

「彼の母親が、私の家に侍女として出入りしていましてね。その縁で」

「さようでございましたか」

ひとまず納得したあと、あらためて伊子は尋ねた。

「それで、待宵がなにか？」

自分から切りだしたくせに、嵩那はしばし口ごもった。女房や蔵人《くろうど》達が忙しくあたりを動く中、嵩那はいっそう声をひそめた。

「実は右将監から、待宵に他に恋人がいるのではないかと泣きつかれたのです」

清涼殿でいつまでも立ち話をするわけにもいかないので、結局承香殿《しょうきょうでん》に移動して話をつづけることになった。

「されど二人とも子供ではありませぬから、他人がとやかく言うことでは……」

気乗りしないふうに伊子は言った。基本的に御所の恋愛とは自由なもので、お披露目の露顕《ところあらわし》を行う結婚とはちがう。他に恋人ができたからといって、あくまでも当人同士の問題で、周りがとやかく口を出すことではない。そう伊子は思っているのだが――。

「本来であれば、私も大君《おおいきみ》の意見に同意ですよ」

御簾《みす》のむこうで言い訳がましく言う嵩那に、伊子は白い目をむける。

業平《なりひら》の生まれ変わりと称され、数多くの女人《にょにん》との浮名を流した経歴を持つ嵩那からすれば、まさしく自分の身を棚《たな》にあげての懸念《けねん》である。それらのすべてが真剣な付きあいだったと本人は言うが、伊子からすれば不快であることに変わりはない。

「されど右将監があまりにも思い悩んでいるようなので、とても見ていられなくなってしまいまして……」

しきりに後頭部をかきむしりながら嵩那は言った。先ほどまで白眼視をしていたにもかかわらず、嵩那の優しさと右近衛将監の純情さに伊子はつい苦笑してしまう。

「ずいぶんと初々《ういうい》しい者なのですね」

「まことに。もう二十二歳にもなるというのに、まるで初冠《ういこうぶり》をしたばかりの男児のような男なのです。しかも待宵に惚《ほ》れきっていますからね。確かに撫子《なでしこ》の花のように、素朴《そぼく》で可愛いらしい娘ではありましたが」

「お話だけうかがっておりますと、とてもお似合いの二人のように聞こえますね」

待宵のほうの人柄はよく分からないが、これといった悪い噂《うわさ》は聞かない。他の女房と諍《いさか》いを起こしたという話もないので、特に問題もないのだろう。二股《ふたまた》をかけるような恋多き女房なら、それなりに評判になっているはずだろうから。

「待宵にかんしてそのような噂は聞きませぬが、右将監にはなにか彼女の心変わりが思い当たる節でも？」

「それです」

嵩那は大きくうなずいた。

「来たる相撲節会《すまいのせちえ》のために、相撲人《すまいびと》達がぼつぼつ入洛してきているのです」

いきなりなにを言いだすのかと、伊子は思った。

相撲節会とは、七月二十五日に行われる天覧相撲と、それに付随《ふずい》する前後の催《もよお》し事や宴《うたげ》のことを言う。各地方から呼び寄せた相撲の名手を左右に分け、召合《めしあわせ》と呼ばれる取組を行わせて勝敗を競うのである。

この節会に参加する相撲人達が、全国から続々集まりはじめているのだという。

「右近衛府の武官という立場上、右将監は右方の相撲人達の世話を任されているのです」

相撲節会の運営を請け負うのは、左右の近衛《このえ》、兵衛《ひょうえ》、衛門《えもん》の六衛府で、その中でも近衛府は中心的役割を担《にな》う。そこの判官であれば、この時期は多忙を極めるにちがいない。

加えて近衛府は名家の子息がその官職を占《し》める部署なので、長官《かみ》や次官《すけ》には今をときめく公達《きんだち》達が名を連ねている。そしてそういう場所の実務は、中級以下の官吏《かんり》に任されていることが大方だった。おそらく左右の将監以下の官吏は、相撲節会の実質的な責任者として目も回るような日々を送っているのだろう。

「そのうちの肥前《ひぜん》から上洛《じょうらく》してきた昌宗《まさむね》という相撲人が、待宵の昔馴染《むかしなじみ》だというのです。なんでも待宵の父親が肥前介として赴任《ふにん》していたときに知りあった、むこうの役人の息子だということで。その昌宗が右将監に、寧子《やすこ》という女房を知らないかと尋ねたらしく、理由を聞いたらそういうことだったとか」

「寧子？」

「待宵の名前です、そのことにも少し動じたらしいのですが」

宮中ではよほど近しい者同士でもないかぎり、相手を本名で呼ぶことはない。

しかしそれはあくまでも貴族社会の習慣で、地方の者には慣れぬかもしれない。

おそらく昌宗には悪意はなかったのだろう。分かっていても恋人が身内以外の男から本名で呼ばれたら、右近衛将監でなくとも動じるとは思う。

その点は同情したが、まさかそれだけで二股や心変わりを疑ったわけではあるまい。

伊子は先を話すように、嵩那を促した。

「それで、昌宗から待宵に文の言伝《ことづて》を頼まれたそうです」

「昌宗という者は、右将監が待宵の恋人だと存じているのですよね」

「ええ。寧子に動揺《どうよう》した右将監が、きちんと言ったそうです。自分は待宵の恋人だと」

「昌宗の反応は？」

「そやんやったとですか！　あいはおしゃべりが過ぎてやかましかときもあるばってん、がばいよか娘やけんよろしくお願いしますばい」

一瞬なにを言っているのかと思った。

あぜんとする伊子を前に、嵩那はけろりと取りすましている。

「と、嬉しそうに言ったそうです」

どうやら肥前の言葉らしい。察するに「おしゃべりでうるさく感じるときもあるが、とてもよい娘だから、どうぞよろしくお願いします」という意味か。それにしても右近衛将監からの又聞きであるはずなのに、よくそこまで正確（？）に再現できたものだと妙な方向に感心しつつ、伊子は気を取り直した。

「ならば、なにも心配しなくても良いのでは？」

ここまで聞いたかぎり、なぜ右近衛将監が待宵を疑うのかがまったく分からない。むしろ待宵がおしゃべりだという話のほうが気になる。伊子の印象にある待宵は、ひたすら黙々と働く堅実な女房だったからだ。

（下臈《げろう》同士でいるときは、おしゃべりなのかしら？）

あるいは仕事が終わって曹司町《ぞうしまち》に戻ったときなどは、若い娘らしくかまびすしいのかもしれない。実は伊子は、下臈達が住む曹司町には足を踏み入れたことがない。下手《へた》に行っても気を遣わせるだけなので、そちらは基本的に勾当内侍《こうとうのないし》に任せている。ゆえに伊子は、仕事が終わったあとの女房達がどのように過ごしているのかまでは知らなかった。

「ところがですよ！」

だしぬけに嵩那が御簾に詰め寄ってきた。反射的に伊子は背をそらし、同時に物思いから立ち返った。そうだった。右近衛将監のことで相談を受けている最中だった。待宵がおしゃべりだという話が気になってしまい、彼のことがすっかり頭から消え去っていた。

「は、はい？」

「待宵から託された昌宗への返信が、衝撃的だったというのです」

「え、盗み見をしたのですか？」

嵩那の意図とはちがうところに伊子は反応した。流れからして返信を託されたのは右近衛将監だろうし、そうなると彼が文を盗み見たということになる。

「ちがいます。右将監はさような男ではございませぬ」

きっぱりと嵩那は否定した。

「あろうことに昌宗が、宿舎にその文を放置していたというのです。文を届けたのは右将監ですから、そりゃあ分かりますよ。紙のほうは特徴もない陸奥紙《みちのくがみ》だったそうですが、恋人ですから待宵の手蹟《て》は存じておりますでしょうし、それ以前に寧子という名が記してあったそうですから」

あまりの堂々した行動に、ますますのこと疑いが薄れてしまう。

そもそも本当に待宵が二股をかけていたとしたら、昌宗への文を右近衛将監に託すような真似《まね》は絶対にしないのではないか。

「やはり、右将監の思い違いではないのですか？」

「そこだけ聞くとそう思えるのですが、いかんせん文の内容が内容だったので……」

「内容？」

そういえば、衝撃的な内容だったと言っていた。

「いかなる内容だったのですか？」

「あなたさまが上洛なさる日を待ち焦がれておりました。あの麗《うるわ》しき牡丹《ぼたん》を愛《め》でられる日を楽しみに致しております」

「……」

「と、待宵の文には記してあったそうです」

御簾の内側で、伊子は屋根裏を仰《あお》いだ。

それは、どう聞いたって疑うだろう。疑うというより、完全に黒だ。これが恋文でないというのなら、どういうつもりで書いたのかを問いつめたい。それを見つけたときの右近衛将監の心情を思うと、伊子はかける言葉も思い浮かばなかった。

「それは、かなり厳しゅうございますね」

「ですよね。それゆえ私も申しました。もし待宵に他に好きな男ができたとしても、それは心だからしかたがない。心だけは他人に……いえ、時には己でもどうにもできないものだからと」

意味深な言葉にもかかわらず、嵩那の物言いはあっさりしていた。伊子にも思うものはあったが、それはここで言うべきことはないと考えた。

「それで右将監はなんと？」

「覚悟はしていると。自分はいまだに待宵を愛《いと》しく思っているが、人の心を縛《しば》ることができぬことは分かっている。ただ、いまは真実を知りたいだけだと」

健気《けなげ》というか、潔《いさぎよ》いというべきかである。

「右将監は、待宵にその旨《むね》を尋ねてみたのですか？」

「それとなくは……されどかわされてしまったようです。右将監も口のうまい男ではありませんし、なにより待宵という女房は無口で、もともとなにを考えているのか分からない部分が前よりあったということですから、右将監も問い詰めきれなかったようです」

　困り果てたように嵩那は語った。

「待宵は、恋人の右将監にも無口なのですか？」

　伊子の問いに、嵩那はうなずいた。

「実はそれも、かなり彼を動揺させたようですね」

　確かに右将監からすれば、堪《こた》えるだろう。

　しかし昌宗が語ったおしゃべりが過ぎるというのが本来の待宵の姿であれば、ひょっとして彼女は御所では本当の自分を抑えて大人しげな態度を貫いているのだろうか？

（大丈夫かしら？）

　一見華やかに見える宮仕えだが、実際には彼女達の精神的緊張は計り知れない。

　女官は男性の官吏とちがい、家族と引き離されて御所に住むことを強制される。身分も年齢もちがう数多《あまた》の女達が一つ屋根の下で寝食を共にするのだから、大なり小なり軋轢《あつれき》が生じてとうぜんなのだ。

　伊子のように極端に身分が高くなるとそうそう誰も嚙《か》み付いてはこないが、中臈《ちゅうろう》や下臈達の間には色々ありそうだ。

「それで、大君《おおいきみ》にお願いできないかと――」

嵩那の言葉に伊子ははっとわれに返る。後宮の女官達のほうに考えが行き、今度は右近衛将監どころか嵩那の存在さえ忘れていた。

「そ、そういうことですか」

軽い罪悪感と気まずさをごまかして、伊子は答えた。

右近衛将監のことはもちろんだが、待宵のことはもっと気になる。もし彼女が御所での勤めになんらかの負担を感じているとしたら、上官として知っておきたい。

「承知いたしました。待宵のことを、それとなく探ってみますわ」

「まことでございますか」

声を弾ませる嵩那に、伊子は胸のうちで詫《わ》びた。

そして、目的は違ってもやることは一緒だからと自分に言い聞かせたのだった。


待宵のことを探るとは言ったが、伊子が自ら下臈達に聞き取り調査をするわけにはいかないので、ひとまず勾当内侍に尋ねてみることにした。

「待宵ですか？　ええ、陰日向《かげひなた》無く働くよい娘ですわ」

伊子の印象とほぼ同じことを勾当内侍は答えた。もちろんいきなり縁もない下臈のことを尋ねられ、不思議には思ったようだった。

「あの娘が、なにか粗相《そそう》でもいたしましたか？」

不安な顔をする勾当内侍に、伊子はあわてて手を振って見せた。

「そうではないわ。可愛《かわい》らしい娘なので、知りあいが気にしていて……」

もちろん出任せだったが、勾当内侍は安堵《あんど》したようだった。

「さようでございましたか。ええ、女房としては優秀ですわ。結婚をしたらきっとしっかりした良き妻になるものと思います。されどちょっと愛想が悪いと申しますか、仕事はなんでも実直にこなすのですが、極端に無口というか無愛想と申しますか、出仕をはじめて三年ほどになりますが『はい』『いいえ』『承知いたしました』以外の言葉はほとんど聞いたことがございませぬ」

勾当内侍の証言は、伊子や右近衛将監の印象とまったく同じだった。

こうなると昌宗の言葉はなんだったのかという気になる。単純に考えて御所での生活が肌にあわず、性格が変わってしまったと考えるべきなのだろうが……。

「待宵と親しくしている女房はいないのかしら？」

伊子の問いに、勾当内侍は頰《ほお》に手を添えて思案した。

「私もすべての女房の関係までは把握《はあく》しておりませぬが、わりと一人でいることが多いように見受けます」

そうなると、友人関係から調査をすることは難しそうだ。

悩ましげな息をついた伊子に、さすがに勾当内侍が訝《いぶか》しげな顔をする。伊子はあわてて視線をそらした。これ以上、待宵にこだわる姿を見せては不審に思われてしまう。

そのとき衣擦《きぬず》れの音がして、簀子《すのこ》に目をむけた伊子は思わず声をあげそうになった。噂《うわさ》をすれば影。そこには御衣櫃《みぞびつ》を抱えた待宵が立っていたのだ。

「いかがいたしましたか？」

気まずげな顔をする伊子とは対照的に、堂々と勾当内侍は問う。

待宵は空気を呑《の》むようにぐっと喉《のど》を鳴らすと「貞観殿《じょうがんでん》から」とくぐもり声で応じた。

「では、依頼していた衣が出来上がったのですね」

「はい」

短く答えると、待宵は中に入ってきて御衣櫃を置いた。

そこには帝《みかど》が禄《ろく》として下賜《かし》するための、鮮やかな衣が納められていた。相撲節会《すまいのせちえ》の際には下賜することも多いので、ある程度の量を用意しておかなければならなかった。

「まことに近頃の貞観殿は仕事が早くなりましたね」

感心とも安堵ともつかぬ勾当内侍の言葉に、伊子は心から同意した。

十三日の夜が明けた翌日から、祇子《まさこ》は御匣殿別当《みくしげどののべっとう》として活動を本格的に開始した。女官達にとって親しみやすい別当ではないだろうが、藤壺《ふじつぼ》の他の女房達のように感情的にならず、なにより縫《ぬ》い物のことを周知している祇子は的確な采配《さいはい》をしているようだった。

（このまま、うまく続けてくれればいいけど）

半ば祈るような気持ちで考えていた伊子は、上目遣いにこちらを見ている待宵に気がついた。そういえば、下がってよいと言っていなかった。

「ご苦労でしたね。もう下がって――」

「貞観殿へのお言葉を」

待宵の物言いはおそろしくぶっきらぼうで、ともすれば喧嘩《けんか》を売っていると誤解されかねないものだった。

咎《とが》めようと思ってのことだろう。勾当内侍がなにか言いかけたが、伊子は急いでそれを阻《はば》んだ。

「迅速《じんそく》な取り掛かりと確かな仕事ぶりに感服致しました、そうお伝えしてちょうだい」

「迅速な取り掛かりと確かな仕事ぶりに感服致しました、ですね」

伊子が口にした言葉を、待宵はその場で機械的に暗誦《あんしょう》した。伊子がうなずくと、待宵はその場で一礼をして、すぐに立ち去っていった。

「まことに愛想のない娘でございましょう」

勾当内侍の言葉に、伊子は苦笑混じりに頭を振った。確かににこりともしないどころかろくな挨拶《あいさつ》もしなかった。口にした言葉も必要最低限のものだけだ。

だが言わなくてはいけないことは、はっきりと口にした。

伊子も勾当内侍もうっかりと忘れていた、貞観殿への慰労《いろう》の言葉を待宵はためらうことなく要求した。彼女は確かに衣を渡したことを貞観殿に報告に行かなければいけない立場だから、とうぜん祇子から伊子の反応を求められると分かっていたのだ。

なんの言葉もなかったと言えば、祇子は気分を害するにちがいない。それを正直に言っても待宵に咎《とが》はない。ぼんやりした女房なら、そんな言葉が必要であること自体に気づかないだろう。

だが待宵はそうではなかった。

そのことにいたく感心しつつ、伊子は待宵の顔を思い浮かべていた。

華やかな娘ではなかった。ただ顔立ちや雰囲気《ふんいき》自体は可愛らしい。肌はそれほど白くはないが、それがかえって素朴《そぼく》な初々《ういうい》しさをかもし出しているのは、凜《りん》とした清潔感があるからだろう。

(あの娘が本当に、右将監を手玉にとって?)

にわかには信じがたかったが、ひとまず曹司での実情は探らせたほうがよさそうだ。仕事をきちんとしてくれるのなら、個人の恋愛事情に口を出すつもりはない。しかしとんでもないおしゃべりだという、昌宗の証言との落差が気になる。

かといってこれ以上、勾当内侍に根掘り葉掘り訊くことはできない。こういったことを探らせるのにうってつけの人材といえば――伊子の頭の中には、頼みがいのある乳姉妹《ちきょうだい》の顔が思い浮かんだのだった。

伊子が件《くだん》の当事者達の残りの二人、右近衛将監と肥前の昌宗を見たのは、相撲節会の内取りの日であった。

内取りとは、召合《めしあわせ》の二日前に行われる相撲人《すまいびと》の顔見せの儀式である。仁寿殿《じじゅうでん》に出御《しゅつぎょ》した帝と参列した公卿《くぎょう》、殿上人《てんじょうびと》達の前で、名を呼ばれた相撲人が衣を脱いでその身体《からだ》を披露するという謎の儀式だが、饗宴《きょうえん》は伴《ともな》わないので、女房達もこの日は比較的のんびりとすごすことができていた。

「主上《おかみ》。刻限にございます」

伊子が朝餉《あさがれい》に顔を出すと、脇息にもたれていた帝はいつになく勇んで立ち上がった。珍しい子供っぽい所作《しょさ》に、伊子は小さい子に対するような笑いをこぼしてしまう。

「お珍しい。主上がさように乗り気に儀式へお向かいになられるとは。本日は取組ではなく内取りでございますのに」

「そうは言うけれど、尚侍の君《かんのきみ》は相撲を見たことはないのだろう?」

「はい。なにしろ昨年まで自宅で過ごしておりましたから」

「ならば分からないよ。今日のうちに相撲人の品定めをして、左方と右方のどちらに分があるのかを予測するのが楽しいのだよ」

なるほど、いかにも男性が好きそうな楽しみ方だ。三月に行われる鶏合《とりあ》わせ（闘鶏《とうけい》）のさいも、男性陣は試合が始まる前から、引き方を決めるのにあれこれ論議している。試合観戦よりもそちらのほうを楽しんでいるのではと思ってしまうぐらいだ。

苦笑する伊子をどう思ったのか、帝はからかうように言った。

「むくつけき男達の裸など、御所の女人《にょにん》達は興味どころか見たくもないだろうけどね」

「い、いいえ、私は別に……」

伊子は言葉を濁した。有《あ》り体《てい》に言えば、どうでもよかった。見たいとも思わないが、見て顔を赤らめるような初々しさはとうに枯れ切っている。

しかし若い女房や、若くなくてもお堅い女房達などは見たくもないようだった。今朝も詰所のほうでは、幾人かが不平を言っていたと千草《ちぐさ》から聞いた。ちなみにこの彼女らの言動に対して千草は「見ているとそのうち良く思えてきますよ。六つに割れた腹筋や首にまで隆起した二の腕の筋肉が」と語ったが、伊子にはなんのことだか分からなかった。やはり四人の夫に裏切られた女は、男に対する目の付け所がちがうのかもしれない。

もっとも今回にかぎっては女房達が男慣れしていないからではなく、単に田舎者《いなかもの》を軽んじる気持ちのほうが強いように伊子は感じていた。

なにしろ月のさはりで出席を禁じられた者が羨《うらや》ましいと、こぼす女房までいたらしい。

宮廷の儀式にかぎらず寺社の参詣《さんけい》も、月のさはりの最中は出席を禁じられる。神事においても仏事においても、女人は存在そのものが穢《けが》れとされているのでなにかと制約が多いのである。しかし今回は、その彼女達を羨ましいとまで言っているのだ。

そんな女房達とは対照的に、いつになく弾んだ足取りで仁寿殿に出た帝を、菰《こも》を敷いた庭に列席した公卿や殿上人達が出迎える。何気なくその光景を眺めていた伊子の目に、彼らの間を飛び回っている青年の姿が飛びこんできた。

（え、子供？）

一瞬そう思ってしまうほど、緑の袍《ほう》に包まれた身体は華奢《きやしや》だった。緑は六位の袍で、位を考えれば準備のために奔走《ほんそう》している最中なのだろう。帝が出御していることに、どうやら気づいていなさそうである。

「右将監！」

どこからか聞こえてきた、咎めるような呼びかけに伊子は目を円くする。

「早く持ち場に戻らぬか。主上が御出御なされたぞ」

「す、すみませぬ」

慌てふためきながら、その青年は小走りに立ち去っていった。

思いがけない形で目にした右近衛将監の姿に、なるほどと伊子は納得した。

――二十二歳にもなるというのに、まるで初冠《ういこうぶり》をしたばかりの男児のような。

まさしく嵩那が言ったとおりの印象の人物である。

帝が階隠《はしがくし》の間に着座すると、伊子達お付きの女房もそれぞれの座に控える。儀式の主旨《しゅし》が相撲人を観察することなので御簾《みす》は上がっており、代わりに女房達は蝙蝠《かわほり》をかざしたり几帳《きちょう》の陰に隠れたりした。

儀式はまず左方から行われ、彼らが退場したのち右方の出番となる。

左方と同じく、最初に右近衛大将が中将、少将を伴い参入する。続いて右近衛府の武官のあとに十数人の相撲人達が参入する。どの者もよく日に焼けた肌をしており、腕といい肩といい都では見られないようなたくましい男ばかりであった。

「褐袒《ふくをぬ》げ」

官吏《かんり》の声で、相撲人達は諸肌《もろはだ》を脱ぐ。庭に控える殿上人達は歓声を上げた。

「おお、今年の右方は期待できそうですな」

「昨年も右方の勝利でしたから、これは連勝となるやもしれませぬ」

盛り上がる男性陣とは対照的に、女房達はあからさまに眉《まゆ》をひそめている。

「まあ、なんと無骨な……」

「まるで獣のような」

「なんでしょう。妙な臭《にお》いがいたしますような」

確かこの女房達は、左方の相撲人達が入場したさいにも同じことを言っていた。

伊子はひとつ咳払《せきばら》いをして、彼女達を軽くにらみつけた。軽口を叩いていた者達ははっとしたように肩をすくめ、あわてて口をつぐんだ。

伊子は心底不快な気持ちになっていた。無骨までは目をつぶるにしても、獣とか臭いなどと、遠方から足を運んだ者達にその言い草は義理を欠いている。それでなくとも近年は上洛《じょうらく》の負担を嫌って参加者が集まらずに、国司《こくし》が人集めに大変な苦労をしていると聞いているのに。

（頼んで来てもらっているのに、どういう言い草なのよ）

女房達の無礼にむすっとしたまま向き直った伊子は、微笑《ほほえ》ましげに自分を見つめる帝に気がついた。

「？」

「姫様！」

帝の視線など気づかない千草が、身を寄せるようにしてささやいた。伊子も帝が何も言わないので、気のせいかと思って千草のほうをむく。

「ごらんなさいませ。右から三番目の者は、腹筋が六つに割れていますよ」

それは自分の局ならともかく、仁寿殿でわざわざ近づいてきてまで言うことかと思ったが、しかたがないので千草が指差す方向に目をむける。

そこには無骨な男達の中で、ひときわ目を惹《ひ》く若い男が立っていた。

恵まれた上背《うわぜい》に赤銅色《しゃくどう》に焼けた肌。隆起した肩に引き締まった体軀《たいく》は、日の光をあびてあふれんばかりの若さと力をみなぎらせている。

色白ですらりとした、優雅な都の美男とはまったくちがう。

だがその若者は、まちがいなく美しかった。

女房達も気づいたのだろう。先刻まで小馬鹿にするような言葉を口にしていた者達も含め、彼女達は急にざわつきはじめた。八岐大蛇《やまたのおろち》を退治した、あの須佐之男命《すさのおのみこと》を思わせる彼の強い生気と荒々しさは、不思議なほどに艶《つや》めいて見えた。

不覚にもどきりとした伊子だったが、千草に突っつかれてすぐにわれを取り戻した。

「どうですか、姫様。あの腹筋は」

「いや、この距離じゃそこまで見えないし」

「気合でごらんなさいませ。あんな見事な腹筋と二の腕は、一生に一度お目にかかれるかどうかという代物《しろもの》ですのに」

あまりにうっとりと千草が言うので、伊子のほうはすっかり白けてしまい、他の女房達のようにのぼせあがらずに済んだのは幸いだったのかもしれない。もっとも千草にかぎって言えば、若者の美しさよりひたすら筋肉にのみ執着しているようにも見えるのだが。

諸肌脱ぎのあと相撲人達は号令に従って四方を向き、そののち退場となった。

「一人、抜けて凜々《りり》しい者がおりましたね」

感心したように言ったのは、伊子の父・顕充《あきみつ》だった。左大臣《さだいじん》という筆頭の地位にある彼は、帝の間近の簀子《すのこ》に席を得ていた。

「大臣《おとど》も気付いたのだね。身体はさほど大きくはないが、よく鍛えられている。今年の引き方はあの者にしようかな。名前は分かるかな？」

帝は間際に控える、蔵人頭《くろうどのとう》に訊いた。

「少々お待ちください」

そう言っていったん引っこんだ蔵人頭は、すぐに戻ってきた。

「主上、先ほどの者の名前ですが」

「ああ、もう分かったのかい？」

「はい。肥前の国から参りました、同国の郡司《こほりのつかさ》（地方行政官・国司の下で地方の有力者から選ばれる）の子息で大野昌宗《おおのまさむね》と申すものだそうです」

思いっきり覚えのある名に、伊子は蝙蝠の上で目を瞬かせた。

内取りの儀式が終わって清涼殿に戻った帝のために、伊子は女房に命じて角盥《つのだらい》を準備させた。壺庭《つぼにわ》には晩夏に咲く仙人草《せんにんそう》や韮《にら》の白い花が見られるようになり、半月前にくらべてもずいぶんと涼しくはなってはいたが、まだ強い日差しは残っている。

御手水《おちょうず》の間で顔と手を洗った帝は、伊子が差しだした手拭《てぬぐ》いで顔をぬぐった。

「この水は冷たくて、気持ちがいいね」

「生温《なまぬる》い水は不快であろうと思いましたので、直前に井戸から汲《く》み上げさせました」

伊子が言うと、帝は手拭いを顔から離した。大床子《だいしょうじ》という四脚の台に腰掛けたまま、床に控える伊子を愛《いと》しげに見下ろす。

「あなたは尚侍《ないしのかみ》として、本当によくやってくれるね」

正面切っての賞賛に少し焦った。

「そ、そのような……」

「内取りのときに、女房達の非礼を封じてくれたときはすかっとしたよ」

仁寿殿で帝が見せた微笑が思いうかんだ。あれは気のせいではなく、そういうことだったのだ。

伊子の胸は、この若き天子に対する敬慕《けいぼ》の念でたちまち満たされた。

「私などがこのような口を利《き》くことは、おこがましいことを承知の上で申し上げます。主上があの者達の言動を快《こころよ》くお思いにならなかったことに、尚侍は心より安堵《あんど》致しております」

加えてあの場で叱責《しっせき》するような真似《まね》をしなかったことも、この少年帝の思慮《しりょ》深さであると伊子は思った。引き合いに出すべきではないが、気性の激しい先帝ならば人目もはばからず大きな声で叱《しか》りつけていただろう。人前で天子からそんなことをされては、あの女房達は二度と御所に上がれなくなる。

（だからこそ、私が気をつけなければならないのだわ）

あらためて伊子は認識した。帝の日常を支える後宮が、彼の心を煩《わずら》わせるようなことがあってはならない。

「私がそのように民草《たみくさ》のことを考えられるようになったのは、幼いときにあなたが教えてくださった昔話のおかげだよ」

昔を懐かしむように、しみじみと帝は告げた。

帝がまだ元服《げんぷく》前であったとき、彼は養母である斎院《さいいん》の御所にさいさん出入りしていた。時同じくして親友である斎院のもとに出入りしていた伊子が、自分が愛読していた市井《しせい》や地方に伝わる説話集を帝に聞かせてあげていたのだ。

「あなたがそのご身分でかようなお考えをお持ちなのも、おそらくあの物語のおかげなのだろうね」

「ずいぶんと懐かしいお話を……」

伊子は笑った。もちろん物語はあくまでも作り物で現実ではない。それでも伊子はあの物語のおかげで、地方や市井の生活や彼らの考えに思いをはせることができるようになっていた。

「なにげなくしたことでございますが、ならばあの者達にも、その説話集を読ませてみましょうか」

伊子の言葉に、今度は帝が笑った。

「されどあの者達も、大野何某《なにがし》には逆上《のぼ》せていたようだね。確かに、出雲《いずも》の野見宿禰公《のみのすくねこう》を思わせるような凜々しい若者だった」

「まことに」

伊子は同意した。野見宿禰とは垂仁《すいにん》天皇に仕えたとされる出雲地方の勇士で、相撲の神様としても崇《あが》められている。今頃はあの女房達も、仁寿殿の後片付けをしながら昌宗の噂《うわさ》に花を咲かせていることだろう。行儀《ぎょうぎ》のよいふるまいではないが、他人を軽んずるよりはずっとよい。

（けど……）

伊子は、内取りの直前に見かけた右近衛将監のことを思い出した。

彼とて人に引け目を感じるような容姿ではなかったが、昌宗のあの男ぶりを見ればどうしたって見劣りはする。

（でも千草は、なんともないように言っていたものね）

待宵の様子をそれとなく千草に探らせてみたところ、結果的に右近衛将監以外の男の影はなかったということだった。それどころかたまに言い寄ってきた男にも、返事すらしないという堅物《かたぶつ》ぶりなのだという。その堅さと無愛想さもあって、待宵は朋輩《ほうばい》達からも変人扱いをされているのだという。

いっぽうで右近衛将監のほうも、近頃は待宵のところから足が遠のいているらしい。相撲節会で忙しいからなのか、あるいは疑念が晴れないからなのかは不明だが、こんなときこそ気合を入れて通わないでどうすると発破《はっぱ》をかけてやりたかった。

「──尚侍《かん》の君《きみ》のおかげで、後宮がきちんとしたまとまりを作りはじめているね」

帝の言葉に、伊子は物思いから立ち返った。

なんと畏《おそ》れ多い。帝と話をしている最中だというのに、完全に別のことを考えていたなんて。

「以前は藤壺と弘徽殿《こきでん》がなにかと対立しあって、ぎすぎすしていたからね。勾当内侍《こうとうのないし》は聡明な女房だが、立場上強くも出られずに苦労していたようだ」

「も、もったいないお言葉でございます」

「やはりあなたは、私が慕《した》いつづけていた女人《にょにん》だ」

「……」

そう言った帝の声音《こわね》は、あきらかにそれまでとはちがったものだった。おそるおそる視線をあわせた伊子に、静かに帝は告げた。

「もちろん、あなたが私を拒《こば》んでいることは分かっているよ」

畏れ多すぎる、されども真実を突いた言葉に伊子はなにも言えなくなる。

「それでも私は、いまこの場で貴女《あなた》を女御にすることができる。私はそれが許される立場だしね」

それは間違いない真実だった。

露骨な言い方をすれば、いまこの場で上御局《うえのみつぼね》（帝と妃の寝所）につれていかれても、誰一人止めることも咎《とが》めることもできない。

無意識のうちに後じさりをする伊子に、帝はふっと抑揚《よくよう》を落とした声で言った。

「だけどそんなことをすれば、貴女の心は二度と手に入らないだろう」

伊子はどう答えてよいのか分からなかった。

帝はよく分かっている。確かにいま無理矢理妃とされたところで、心から仕えられる自信はない。たとえ臣下として不埒《ふらち》と謗《そし》られても、気持ちはどうにもならない。

伊子は己の頑《かたく》なさに呆《あき》れ返った。ここまで帝に望まれていてもなお揺るがないとは、人の心とはなんと頑迷なものなのだろう。

「だから、自分でもどうしたらよいのか迷っているんだ」

答えられずにいる伊子を一瞥《いちべつ》すると、帝はゆらりと首を横に揺らした。

「ご苦労さま。今日はもう下がってもいいよ」

なんとも言えない気持ちで清涼殿を出た伊子は、滝口《たきぐち》付近の渡殿《わたどの》にたたずむ嵩那を見つけた。見ると緑の袍《ほう》を着た若者が、高欄《こうらん》を挟んで庭に立っている。それが右近衛将監《うこのえのしょうげん》であることはすぐに分かった。

（ちょうど良かった）

待宵は完全に潔白（？）だったという千草の報告を知らせてやれば、右近衛将監もきっと安心するだろう。加えて彼女を疑っている暇があるのなら、もっと積極的に訪れるべきだと忠告してやろうと思った。まちがいなく余計なお世話だが、二十二歳と十八歳の恋人同士がそれではいけない。

衣擦《きぬず》れの音はしていただろうが、嵩那は右近衛将監にしか注意がむいておらず、伊子が近づいているのに気付いていないようだった。

「宮様」

呼びかけに嵩那はびくりと背中を揺らし、勢いよく振り返った。

「大君《おおいきみ》!?」

「その者が、待宵の？」

伊子は蝙蝠《かわほり》越しに、右近衛将監を見下ろした。

「え？　ああ、そうです」

一瞬なんのことかというような顔をしたあと、嵩那はうなずいた。そうして彼は高欄の先に身を乗り出し、きょとんとする右近衛将監に「尚侍の君だ」とささやいた。右近衛将監は、まるで尺を突っこまれたように背中をぴしっと伸ばした。

「ちょうどよかった。先日の件でお伝えしたいことが……」

伊子の言葉に、嵩那は高欄下の右将監《うしょうげん》を見下ろす。そうして短い思案のあと、あらためて言った。

「その話はこの場でするにはふさわしくない。別のところに行きましょう」

確かになにかと人通りの多いこの場所は、人の色恋を話す場所ではない。それで伊子と嵩那は連れ立って、いまは無人となっている藤壺に移動した。ここであればその奥の梅壺《うめつぼ》も雷鳴壺《かんなりのつぼ》も無人なので人目につきにくい。

藤壺の北簀子《きたすのこ》に出ると、すでに右近衛将監は壺庭《つぼにわ》で待っていた。庭を突っ切ってきたぶん、距離が短くてすんだのだろう。

伊子は蝙蝠で顔を隠したまま、簀子に座った。千草の調査結果は、ここに来る間に嵩那に話した。だから右近衛将監には、嵩那から説明をしてもらうことにした。

嵩那は自身も簀子に腰を下ろし、試験の合格発表を待つ前の子供のような顔でこちらを見上げる右近衛将監に経緯を説明した。

「まあ、有り体に言えばお前の気のせいらしい」

最終的に嵩那がその言葉で締めくくると、右近衛将監は安堵《あんど》に胸をなでおろした。そんな相手に釘をさすように嵩那は言った。

「こんな疑いを持つようになったのも、お前が待宵のもとに足しげく通わないからだよ」

「わ、分かっていますよ。されど節会《せちえ》の準備が忙しくて……」

「そんなもの、女人には言い訳にしか聞こえないよ。お前の前でも無口だというのも、きっとまだ緊張して打ち解けきれていないのだよ。ならばこまめに通って心を交わしてゆくしか術《すべ》はないのだろう」

「あら、仕事ならば仕方ないのではありませぬか？」

真面目《まじめ》に口を挟んだ伊子に、嵩那は興をそがれたような顔をする。右近衛将監は驚いたように伊子を見た。身分上、この場で直接口を利《き》くとは思っていなかったのだろう。しかしいかに高位とはいえ、尚侍はあくまでも女官である。女御のようにいちいち人を介して指示をしていては職場が回らない。

「女のほうとて仕事や家事が忙しいときに殿方《とのがた》の訪れを受けても、この忙しいときに空気を読んでよと恨みに思いますもの」

「……さ、さようでございますか？」

同意を求められても、嵩那はすぐには返事ができないでいるようだった。

「それでは待宵のところには、あまり訪れないほうがよいと？」

不安げに右近衛将監は訊いた。どうやら伊子の言葉を真に受けてしまったようだ。どこまでも真面目な人柄らしい。

「さような意味ではありませぬ。特に今日は内取りも終わりましたので、すでに局《つぼね》に下がった女房も多いはずです」

待宵が下がっているのかまでは分からないが、そうでなかったとしても女房達は比較的余裕のある状況にあった。

「いまならば訪れても〝この忙しいときに空気を読まない、にくき者〟などと思われることもないはずですよ」

伊子の言葉に、右近衛将監は期待に目を輝かせている。

いっぽうで嵩那は、ひどく落ちこんだように肩を落としていた。きっと忙しい状況にある女を訪ねた経験があるのだろうと伊子は思った。

「ありがとうございました。お二方のお言葉はしかと胸に刻みましてございます」

弾んだ声で言うと、右近衛将監はぺこりと頭を下げた。伊子は蝙蝠の上から、青年の姿をしげしげと眺める。

昌宗のようなひと目を惹《ひ》く容貌《ようぼう》ではないが、これはこれで好青年だと感じた。

つるりとした肌に愛嬌《あいきょう》のある円い目鼻立ち。華奢《きゃしゃ》な身体《からだ》付きと平均より心持ち低い上背《うわぜい》が十代後半の少年のようで、擦れたところがまったく感じられない。

（それに性格も素直そうで、宮様が可愛《かわい》がられるのも分かる気がする）

なるほど、愛嬌があって仕事熱心。口数は少ないが、聡明でしっかりした待宵とはいかにもお似合いの夫婦になりそうではないか。

右近衛将監にむける伊子の眼差《まなざ》しが、自然と和《なご》んだものになる。

「右将監」

あらためて伊子は呼びかけた。

「上司としてお願いします。待宵のこと、よろしく頼みますよ」

右近衛将監は目を瞬かせ、次に首がもげるかと思うほど大きくうなずいた。

実直さがにじみでたそのふるまいに、伊子はもちろん嵩那の右近衛将監にむける目がいっそう柔らかくなる。

「まあ待宵の件にかんしてはそういうことだから、尚侍の君にきちんと礼を――」

あらためて言いかけた嵩那の声が途中で止まった。彼は口をぽかんと開いて、西の方角を見つめている。そちらは内の重《うちのへ》（内裏《だいり》の中の最も内側の垣《かき》）しかないはずなのに――不審に思って視線を追った伊子は、次の瞬間に愕然《がくぜん》となった。

切袴《きりばかま》に草履《ぞうり》を履《は》いた待宵が、内の重の前にたたずんでいた。紺紫《こんむらさき》の小袖《こそで》に紺の帷《かたびら》は、下﨟《げろう》の褻《け》の装束《しょうぞく》（日常着）である。

もちろんそれだけならば〝噂《うわさ》をすれば影〟で終わっていた。伊子と嵩那がここまで仰天《ぎょうてん》したのには、とうぜん訳がある。

「寧子《やすこ》！」

そう呼びかけて走りよってきたのは、萌黄《もえぎ》色の直垂《ひたたれ》を着た昌宗だったのだ。

ちなみに内裏というところは夜はきっちりと閉門するが、昼はわりあい自由に行き来ができるようになっている。過去には強盗が入ったという事例も幾件かあり、唐土《もろこし》の城塞都市《じょうさいとし》などと比べたら信じられないほど警備がゆるい場所なのである。もちろん昌宗は相撲人《すまいびと》として仁寿殿まで呼ばれているので、庭を動くぐらいで咎《とが》められるようなこともなかったのだろうが。

矢も盾もたまらず、伊子は待宵達の方に歩み寄った。さすがに彼らから丸見えとなる西簀子までは出られなかったので、北簀子の隅で、殿舎の陰に隠れて二人のやり取りに耳を澄ました。幸いにして青々と葉が生い茂った梅や棕櫚《しゅろ》の木が死角となり、待宵達からはこちらが見えていないようだった。

「ほら、約束ん土産《みやげ》ば持ってきたばい」

昌宗は、待宵に包みを手渡した。ちょうど女人が一抱えできるぐらいの大きさで、苧《からむし》の布にくるまれている。対して待宵は、先日伊子と勾当内侍《こうとうのないし》に見せた仏頂面《ぶっちょうづら》が嘘かと思うほどの満面の笑顔を浮かべた。

「ありがとう」

そう言うと、待宵は顔を埋めるように包みに顔を押し付けた。苧は繊維《せんい》が荒いから、けっこうちくちくすると思うのだが、そんなことはお構いなしのようだ。

喜びと愛《いと》しさをあふれんばかりにした待宵の表情に、伊子はしばし思考停止し、問題に対処する能力を失ってしまっていた。

（うわあ……どうしよう）

それしか思い浮かばず、ひたすら途方にくれる。

それでも思考することは人の習性なのか、ゆっくりと考える能力は戻ってきた。

普通に判断すれば、この場に右近衛将監が飛びこんで二人を問いただすのが一番よい。もちろん冷静にふるまえるのならばという条件付きだが、恋人なのだから右近衛将監にはその権利がある。若者なら逃げずに、冷静さと情熱と勇気を持って己の正念場に向きあうべきだ。

（右将監。ここは男としての踏ん張りどころよ）

伊子は祈るような思いで、嵩那と右近衛将監がいるはずの背後を振り返った。

その彼女の目に映ったものは、高欄《こうらん》から身を乗り出す嵩那と、待宵達がいる場所とは逆方向にと駆けてゆく右将監の後ろ姿だった。

伊子は愕然とした。

（こ、ここで逃げるんですか⁉）

伊子は裾《すそ》を引きつつ、嵩那のそばに駆け戻った。

「ど、どういうことですか？　いくらなんでも情けなさすぎるでしょう」

そう嚙《か》み付きながらも待宵達に気付かれぬよう声をひそめた自分に、伊子は我ながら感心していた。

「いきなり相手に摑《つか》みかかれなどと、さように暴力的なことまでは申しませぬが、子供ではないのですから逃げずに詰問ぐらいはしても――」

「大君、落ちついてください」

「でもっ！」

なおも食いつこうとする伊子をあしらうと、嵩那は簀子を歩いて行った。先ほどまで伊子がいた場所に行くと、同じように殿舎の陰に身をひそめる。後を追うようにして伊子も嵩那の背後についた。

殿舎の物陰から様子をうかがうと、そこに昌宗の姿はすでになく、包みを抱えた待宵が空いたほうの手を大きく振っているだけだった。内の重には幾つもの宮門があり、昌宗はすでに内裏を出てしまったようだ。

伊子は袖のうちできゅと手を握りしめた。

「小癪《こしやく》な。男を去らせて証拠隠滅《いんめつ》ときましたわね」

「大君。これはただの色事で、いつもの事件ではありません」

検非違使《けびいし》よろしく目を光らせる伊子を、嵩那がなだめた。しかしこれだけがやがやしているのに、待宵は気付くこともなくしきりに手を振りつづけている。昌宗との再会に、彼女がどれほど心を躍らせたのかが分かる光景である。

「待宵」

息を切らしながらも彼女を呼んだのは、右近衛将監だった。待宵から数間離れた場所で仁王《におうだ》立ちをしている。

（え？）

伊子は目をぱちくりさせる。てっきり逃げ去ったものだと思っていたのに――。

「迂回《うかい》して、ここまで出てきたのですよ。渡殿《わたどの》の下をくぐり抜けるのも、大人では色々と大変ですからね」

嵩那の説明に、そういうことだったのかと伊子は納得した。自分が簀子に上がっていたので考えが及ばなかったが、藤壺と梅壺の間には二本の渡殿が通されているので突っ切ることはできなかった。大人では大変だというのは、渡殿の高さがそれほどはないので、くぐり抜けるにはかなり身を屈めなければならないという物理的なことに加え、掃除《そうじ》でもないのに成人した者が人前でする行為ではないという意味だろう。

握り締めた手を小刻みに震わせる右近衛将監に、待宵は露骨に狼狽《ろうばい》した表情を浮かべている。絵に描いたような修羅場《しゅらば》に、伊子の蝙蝠《かわほり》を握る手にも力がこもる。右近衛将監は待宵のそばまで歩み寄ると、自らを落ちつかせるように一度息をつき、声を張り上げた。

「ほ、他に好きな男ができたのか？」

ずいぶんと単刀直入《たんとうちよくにゆう》な問い方である。事情も聞かずに、この浮気女などと罵倒《ばとう》して殴《なぐ》りかかる男よりは三百倍ましだが。

対して待宵は首を大きく横に振った。もちろん右近衛将監が納得できるはずもない。

「じゃあ、それはなんだ」

右近衛将監は待宵が愛《いと》しげに頬《ほお》を寄せていた包みを指差した。待宵はびくりと肩を震わせ、ぎゅっと包みを抱えこんだ。単純に見ても最悪の反応に、伊子は天を仰《あお》いだ。

（これだから若い娘は……）

実際には年増《としま》でも目を覆《おお》いたくなるほどにまずい対応をする女はいるが、そうでもして理由をこじつけないと伊子も怒りが抑えられなかった。これはいくらなんでも右近衛将監が可哀相《かわいそう》過ぎる。心変わりは感情だからしかたがないにしても、そのふるまいはあまりにも誠意を欠いているだろう。

「答えられないのか？」

右近衛将監は声を震わせた。とうぜんの反応だ。しかし待宵は答えず、唇をきゅっと結んだままだ。

「それはいったい……」

耐えきれなくなったように、右近衛将監は待宵が持つ包みに手を伸ばしかけた。

そのせつなだった。

「触らないで！」

絹を引き裂くような悲鳴をあげて、待宵は右近衛将監に文字通り体当たりをした。

手を振り払うとか身を捩《よじ》らせるという女人《にょにん》らしい動きではなく、身体を丸めて猪のように彼に突進したのである。

（えーっ!?）

いくら小柄な待宵が相手とはいえ、なんの身構えもない状態で大人に体当たりをされてはたまったものではない。まして同じく小柄な右近衛将監は、踏ん張る術《すべ》もなく尻餅《しりもち》をついた。

驚いた伊子と嵩那は、身を隠していた殿舎の陰から西簀子《にしすのこ》に飛び出してしまった。

しかし待宵は脱兎《だっと》の勢いで駆け去ったあとで、その後ろ姿はもはや見えなくなってしまっていた。そうして内の重の前では、いつのまにか立ち上がった右近衛将監が、炎天下の野良犬のように力なくうな垂れていた。

そのあと右近衛将監の慰め役にまわった嵩那から聞いた話では、まあ気の毒を通り越して心配になるほどの落ちこみようだったということだ。

「私は気持ちの落ちこみだけでは、体調不良は引き起こしても、柏木《かしわぎ》のようにはかなくなる（死ぬ）ほどの病には現実にはならないと思っていたのですが、あの右将監の落ちこみようを見ると、あながち物語の世界の話ではないのかという気がしてきました」

なんとも物騒なことを嵩那は言った。柏木というのは『源氏物語《げんじものがたり》』に出てくる青年貴族のことだ。彼は光源氏《ひかるげんじ》の妻・女三宮《おんなさんのみや》と密通したことで源氏の怒りを買い、心労から病を引き起こして亡くなってしまう。

どうやら嵩那は、登花殿《とうかでん》の物《もの》の怪《け》騒動以降も律儀に『源氏物語』を読み進めているようである。ちなみに伊子も柏木の章では、自死は別として、若者がはかなくなるほどの病が心労だけで起こりうるものなのかと疑問を覚えたものだった。

夕刻の頃に聞いた嵩那のそんな発言を思いだし、伊子はぽつりとつぶやいた。

「そういう感覚が、似ているのかな？」

会話の節々に顔を見せる嵩那の珍妙な感性には驚かされるが、それ以上に彼のふるまいや言動はしっくりと伊子の心に馴染《なじ》むのだ。たわいもない話でも、時間を忘れて話しこんでしまう。相性と言えばそれまでのことだが、それ以上にきっと根底にある道理のようなものが近いのではないかと思う。日々を過ごすうえでなにに怒り、なにに同情し、なにを痛ましいと思うのか、きっとそんな感性が自分と嵩那は近いのではないだろうか。

「姫様、なにかおっしゃいましたか？」

伊子のための寝所を整えていた千草が、几帳《きちょう》のむこうからひょいと顔を出した。

「別に、ただの独り言よ」

さらりと答えると、千草はそれ以上頓着《とんちゃく》することなくいったん几帳の陰に引っこんだ。

ほどなくして準備を終えた千草は、ひょいと伊子の前に座りこんだ。

「それにしても右将監殿も気の毒ですね。恋人から猪のように突き当たられて吹っ飛ばされるなんて。まあ、待宵もよほど触られたくなかったのでしょうね」

内《うち》の重《へ》でのことは、待宵のことを調べさせた経緯もあるので千草には説明した。

あらためて他人の口から聞くと、やはりひどい話だ。あんな行動、大人がすることではない。玩具《おもちゃ》を取られそうになった、五、六歳の童《わらわ》ぐらいしかやらないだろう。

「雀弓《すずめゆみ》でも入っていたのかしらね」

投げやりに伊子は独りごちた。雀弓とは、子供が遊びに用いる小さな弓のことだ。

それはもちろん皮肉だが、昌宗からもらった土産《みやげ》を、けして右将監には触れさせないという待宵の強い意志は十二分に伝わっていた。中身はさして重要ではなく、その行為のほうこそ問題なのだ。

（かえすがえすも、ひどすぎる……）

ため息を繰り返す伊子の横で、うっとりと千草は言う。

「相手が筒井筒《つついづつ》（幼馴染《おさななじみ》）では、なかなか太刀打《たちう》ちできませぬよ。ましてあのように美しい腹筋の持ち主ですものね」

　御所では三角関係など珍しくもないが、片方が都人ではなく地方の者というのはあまりないのかもしれない。彼らの三角関係は、今のところ人々の話題には上がってない。しかし明るみに出たら女房達は騒然となるだろう。なにしろ昨日の内取り以降、昌宗は〝肥前の君〟と称されて女房達の胸をときめかせているのだから。

「大野昌宗は節会が終わったら帰国するのに、待宵はどうするつもりなのかしら」

　右近衛将監に対するひどい仕打ちはあんまりだと思うが、それとは別に待宵の今後が気になった。あるいは昌宗と一緒に、御所を退くつもりになどなってはいないだろうか。女房としては見こみのある娘だと思うが、結婚というのなら止めようもない。

「いくら肥前で育ったといっても、国守の任期から考えたら長くても四年でしょう。いまさら田舎《いなか》暮らしなどできるものかしら」

「いえ、待宵の父親は延任（留任のこと）したので、彼女は八年ほど肥前で過ごしていたそうですよ」

「まあ、そうなの。さように長く暮らしていたのなら大丈夫よね」

　いつのまにか二人は、待宵が昌宗と一緒に帰ることを前提に話をしてしまっている。

　かえすがえすも右近衛将監には気の毒な話だが、内の重のあの現場を見たあとではもうどうにもならないと諦めるしかなかった。訊くところによると嵩那も〝もっといい女人がいるさ〟という、芸のない励《はげ》まし方しかできなかったのだという。

もちろん右近衛将監に対する待宵と昌宗の態度は、完全に道理を欠いていると思う。

けれどそれとは別に、サイの目のように人の心はままならぬもの、川の流れのごとく恋が止められぬものだということを伊子は身にしみて分かっている。考えてみれば右近衛将監が発見した文の内容からして、最初から絶望的だったとしかいいようがない。

——あの麗《うるわ》しき牡丹《ぼたん》を愛《め》でる日を楽しみに致しております。

思い出して伊子はがっくりと脇息《きょうそく》にもたれこんだ。

「姫様。眠いのでしたら、御寝所でおやすみくださいませ」

見当違いの千草の言葉に、いっそう力が抜ける。

(だいたい、文月《ふみづき》に牡丹ってなによ)

投げやりに思ったあと、あらためて疑問を覚える。

別名『深見草《ふかみぐさ》』とも呼ばれる百花の王は、普通は春から初夏にかけて咲く花だ。それを文月の手紙に記すというのは解せない。あるいは肥前の地に牡丹の思い出があるのかもしれないが、そうなると完全に肥前に戻ることを念頭に置いた文としか取れなくなる。

（どういうつもりで、あんな文を……）

一度気になりだすと、その疑問が頭から離れられなくなってしまう。

（文月に牡丹だなんて、宮様だってそんな頓珍漢《とんちんかん》なことは書かないわ）

しれっと失礼なことを思いつつ、伊子は頭をひねりつづけた。あまりに長い間そうしていたので、しまいには千草から「明日は節会で早いのだから」と、まるで子供のように寝所に追い立てられてしまったのだった。

翌日の二十五日は、相撲節会《すまいのせちえ》の召合《めしあわせ》。すなわち相撲人達の取組が行われる日である。この日の行事はそれだけではなく、厭舞《えんぶ》の披露に饗宴《きようえん》等も行われるので女房達も朝から大忙しだった。

伊子は尚侍《ないしのかみ》として、大臣以下の参加者を会場に呼び入れる任を請けおっている。そのために選んだ衣装は、金色の糸で紋様を織り出した赤の唐衣《からぎぬ》に蘇芳《すおう》色の表着《うわぎ》という、上臈《じようろう》にしか許されていない禁色《きんじき》で作られたものだった。

あらかたの采配《さいはい》を済ませたあと、伊子は参加者の名簿を再度確認していた。御所での節会は帝が臣下を招待するという形なので、呼びいれる順番と席順は非常に重要なのだ。万が一にでも順番を間違えたりしたら、朝臣《ちようしん》達の面子《めんつ》をつぶすことになってしまう。左大《さだい》臣《じん》側の者ならまだ笑い話ですむが、右大臣《うだいじん》側の者だとなにかと面倒事になりかねない。

「えっと、まずお父様で次が右大臣。それで宮様方は……」

ぶつぶつと順番を唱えているさなか、芳《こう》ばしい、まるで干魚のような匂《にお》いが鼻先をかすめた。それで集中力をそがれたとき「尚《かん》侍の君《きみ》」と聞き覚えのある声で呼びかけられた。

顔をむけると、簀子《すのこ》に待宵が立っていた。

思いもかけぬ場面での登場に、伊子は少し緊張する。

「なにごとです？」

「勾当内侍《こうとうのないし》が、禄《ろく》として使う衣の確認をお願いしたいと――」

節会のさいに褒美《ほうび》として配る禄には、衣が用いられることが一般的だ。禄は帝から下賜《かし》されたものとなるから、選定にはおおいに気を遣う。内侍司の女房の技量が問われる仕事だった。

「どちらにですか？」

「後涼殿の納殿《おさめどの》」

相変わらずぐぐもった物言いで、言葉は短かった。極端に恥ずかしがりやの人間がたまにこのような話し方をするが、その場合は往々にして要領を得ないことが多い。しかし待宵の場合はそうではなく、用件のみをぼすっと告げるのだ。まったくここまで徹底した無愛想ぶりだと、怒るよりも物珍しさを覚えてしまう。

この待宵が昌宗の前でだけはあれほどはつらつとした表情を浮かべたのだから、右近衛将監の落ちこみようは半端なものではなかっただろう。本日は六位の者も列席することになっているが、右近衛将監はいったいどんな心持ちで臨《のぞ》むものかと考えると、それだけで気の毒になってくる。

「承知いたしました」

伊子が立ち上がると、待宵はすばやく後ろに下がって道をあける。些細《ささい》な動作ではあるが、こういうところもやはり気が利《き》いている。通り抜けようとした伊子は、ふたたび先ほどの異臭に気がついた。ちらりと待宵を一瞥《いちべつ》するが、彼女は視線を落としたままぴくりとも動かない。

「待宵」

伊子の呼びかけに、待宵は顔をあげた。

「干魚でも食べたのですか？」

待宵の顔がさっと赤くなった。

やはりそうかと、伊子は合点《がてん》がいった。なんといっても十八歳と、まだ食べ盛りの若い娘だ。朝餉《あさがれい》だけでは足りずに、おやつにでも摘《つ》まんだのだろう。日に二回の食事では、若い時分はとうてい足りるものでもない。

「匂《にお》いがしますよ。食べること自体はかまいませんが、時間には気をつけなさい」

そう言って伊子は、待宵の前を通りすぎた。

召合による取組は、紫宸殿《ししんでん》の南庭《だんてい》にて行われる。

三方をぐるりと回廊《かいろう》で囲った巨大な庭には、左近《さこん》の桜《さくら》と右近《うこん》の橘《たちばな》が植えられており、あらゆる公的な儀式がここで執り行われる。

麴塵《きくじん》の袍《ほう》を着けた帝が御座所《おましどころ》に着座すると、伊子は朝臣達の名を読みあげはじめた。まずは筆頭の左大臣・顕充。次いで右大臣である。二人の大臣はそれぞれに返事をすると、庭にて二度敬礼をしたのち着席する。これを謝座《しやざ》と呼び、宴《うたげ》に招待してくれた帝に対する礼を意味している。

そのあとも朝臣達の名を呼びあげ、それぞれが謝座を済ませたあとは、左右の相撲司《すまいのつかさ》による『乱声』という雅楽《ががく》の一種が奏される。その後も延々と儀式はつづき、いったいいつになったら取組がはじまるのかと、伊子は少々うんざりしはじめていた。

（待たされている相撲人達も、士気が下がるでしょうに）

もっともこんなことを思えるのも、公卿《くぎよう》達の呼びこみを滞《とどこお》りなくすませて気持ちに余裕ができたからなのだろう。

そうこうしているうちに、ようやく左右の相撲人達が入場してきた。

先導役は、太刀《たち》と弓箭《きゆうせん》を携《たずさ》えた衣冠装束《しようぞく》の近衛《このえ》武官である。そのうちひときわ小柄な右の武官は右近衛将監だった。

落ちついて仕事をこなしているように見えるが、心境は穏やかではないだろう。なにしろ右方である彼が先導する相撲人の中には、昌宗も含まれているのだから。

近衛武官の後ろにつづく相撲人達は、狩衣《かりぎぬ》に烏帽子《えぼし》姿。腰に太刀を佩《は》き、左方の者は葵《あおい》の造花、右方の者は瓢《ひさご》の造花を頭につけている。

相撲人達が円座《わろうざ》につくと、ついに取組が開始された。

十七番の取組の間、列席者には酒食がふるまわれる。伊子は帝の傍に控え、南庭で繰り広げられる取組に目をむけていたが、いつしか彼女の注目は、取組よりもそれを観て一喜一憂する帝自身になってしまっていた。

「よし、そこだ！」

「あと少し、踏ん張れ！」

「あ〜、惜しい」

などと叫びながら、手に汗を握り、目をきらきらさせて取組に見入っている。その姿は十六歳の若者というより、元服《げんぷく》前の男童《おのわらわ》のように見えた。

（こんな一面もお持ちだったんだ……）

常日頃の落ちついたたたずまいとは、別人のように生き生きとしている。

最初こそ驚きはしたものの、次第に微笑《ほほえ》ましい気持ちになって、伊子は自然と笑みを浮かべて帝を見つめていた。

取組も終盤に入ると、にわかに女房達がざわつきはじめた。

原因は分かりきっている。十三番目の相撲人として、昌宗が姿を見せたからだ。

装束と太刀を取り払った肉体は、晩夏の眩《まばゆ》い日差しに照らされ黄金のように輝き、天竺《てんじく》の彫像を思わせる艶《なまめ》かしさだ。

対する左方の相撲人は、縦にも横にも昌宗より一回りも大きい巨体である。ぱっと見たかぎりでは、どちらに分があるのか歴然としている。

「これは左ですな」

「でしょうな、体軀《たいく》に差がありすぎる」

殿舎内に席を得た公卿と親王達が楽しげに評論している。酒もずいぶんとまわっているようで、みな上機嫌である。

取組がはじまると、たちまち会場の熱気があがる。

二人の相撲人はがっちりと組み合い、そのまま縫《ぬ》い付けられたように動かなくなった。力と技が拮抗《きっこう》している証《あかし》で、驚くほど長い時間二人は組み合っていた。

大変な名勝負になりそうだ。

その場に列席した誰もが固唾《かたず》を呑《の》んで見守る中、先に動いたのは昌宗だった。ほんの一瞬の隙《すき》をつき、昌宗は相手の身体《からだ》を払いのけるように大きく傾けた。左の相撲人は身体の均衡を崩して地面に倒れこんだ。

どうっと地響きのように歓声が起き、あちこちで拍手が鳴りだす。

「天晴《あっぱれ》！」

ひときわ大きな声をあげたのは、なんと帝だった。

伊子はもちろん、廂に座っていた顕充や右大臣も驚きの眼差《まなざ》しをむけている。日頃の物静かな様子を知る者には考えられない反応だった。

「素晴らしい。あの者はまさしく野見宿禰公《のみのすくねこう》の生まれ変わりだ」

興奮のあまり珍しく声をあげる帝はもちろん、庭に列席する朝臣達もおおいに盛り上がっている。

「いやいや、左方もよくやりましたぞ」

「両者、まことに見事な益荒男《ますらお》（強く立派な男子）ぶりでありましたな」

男達が口々に双方の相撲人の健闘を称《たた》えるいっぽう、女房達はそれぞれの席から可能かぎり端近《はしぢか》によって、汗をぬぐう昌宗の姿にうっとりと見惚《みほ》れている。

「まあ、なんと美しい身体でしょう」

「あの腕の長くたくましいこと。あのような腕に抱きしめられてみたいものですわ」

などと中々際どいことまで口にしているが、勝負について触れているものはほとんどいない。

（男女の意識差って、すごい）

伊子が苦笑いを浮かべていると、御座所《おましどころ》から帝が呼びかけた。

「尚侍の君。いまの取組の両者に衣を授けるように」

殿舎の内でも外でも、ふたたびどよめきが起こった。帝から直々に下賜《かし》とは大変な名誉である。

伊子は中臈《ちゅうろう》に、禄用の衣を二領《りょう》持ってくるように命じた。衣が届くのを待つ間に目をむけると、黄色い声をあげる下臈《げろう》達の中で、一人だけうつむき加減でいる待宵に気付いた。

待宵は人差し指でそっと目許《めもと》をぬぐっていた。心配していた反動か、あるいは単純に感動したのか、いずれにしろ他の女房達とはあきらかにちがう反応は、彼女と昌宗との親密さを表しているかのようだった。

伊子の気持ちはすっと冷えた。幼馴染《おさななじみ》同士の恋として微笑ましく思うには、右近衛将監にした仕打ちがひどすぎる。部下とはいえ他人の恋路に口を挟むつもりなどもちろんないが、自分の妹や娘がこんなことをしたら叱《しか》り飛ばしていただろう。

ほどなくして、中臈が衣を運んできた。

小さく頭を振って気持ちを切り替えると、伊子は中臈に御衣櫃《みぞびつ》を持たせたまま廂の端に歩いて行った。簀子《すのこ》には近衛府の武官が受け取りのために控えており、衣を差し出そうとした伊子は、その武官が右近衛将監であることに気づいて愕然《がくぜん》とした。

職務とはいえ、これはあまりにも酷過《ひどす》ぎる。

おそらく右近衛将監の手から、二人の相撲人に禄は渡される。偶然にはちがいないが、状況を考えれば気の毒すぎるではないか。

右近衛将監は軽く顔を伏せているが、これといって動揺《どうよう》した素振りはない。だからこそ彼の心中を思うと胸が痛む。いまこの付近で控えている待宵は、いったいどんな気持ちでいるのだろう。

やるせない気持ちを胸に抱いたまま、伊子は御衣櫃を右将監《うしょうげん》に手渡したのだった。

昌宗の健闘はあったが、召合《めしあわせ》そのものは左方の勝利で終わり、左近衛中将により『抜《ば》頭《とう》』の舞が披露された。ちなみに右方が勝利した場合、右近衛府の武官により『落蹲《らくそん》』が舞われることになっている。名目こそ武官だが事実上儀仗隊《ぎじようたい》と化している近衛府は、宮中儀式における歌舞曲の演奏もその担当としている。

赤の装束を着けた中将が、管弦の調べにあわせて優雅な動きを展開する。

『抜頭』は、嫉妬《しっと》で鬼となった唐の后《きさき》を表した舞である。左舞らしい旋律に沿った優雅な動きに見惚れていた伊子は、そのうちある違和感に気がついた。

（なにかしら？）

舞の動きがちがっているのだろうか？　しかしそんなことに気付けるほど、伊子は『抜頭』の舞を見慣れていない。ならば管弦の音色のほうだろうか？　演奏は左近衛府の武官と楽所の伶人《れいじん》達が担当しているはずだ。しかし首を捻《ひね》っている間に楽舞が終わってしまったので、違和感の正体は分からぬままとなった。

そのあとの宴は、相撲の影響もあり大いに盛り上がった。

「昨年は高麗楽《こまがく》だったので、今年に唐楽《からがく》を楽しめたことはなによりでした。さて、来年はどちらの調べを楽しめますことやら」

廂に設けられた席で、そう言ったのは嵩那だった。

雅楽は番舞《つがいまい》といって、おおむね対応する唐楽と呼ばれる左舞と、高麗楽と呼ばれる右舞に分けられる。嵩那の言葉から察するに、昨年は右方の勝利だったので高麗楽である『落蹲』が披露されたということらしい。

ほどよく酒もまわり、朝臣達はいっそう相撲の話で盛り上がっている。

「左の大将は、さぞ盛大な還饗《かえりあるじ》を催《もよお》されるでしょうなあ」

「いや、いや。勝敗はさりながら、右の健闘も賞賛に値するものでございました。右方の大将も負けじと盛大な慰労《いろう》をなさるでしょう」

この場合の還饗とは、左右の大将が相撲人達をねぎらうために催す宴のことだ。このさい働きに応じて大将から禄を渡すようになっている。内容はどこからか漏《も》れるので、自分達の面子《めんつ》にかけてもあまり渋れない。

蝙蝠《かわほり》の先を顎《あご》に当てたまま彼等のやりとりに耳を傾けていると、それまで奥に引っこんでいた千草が近づいてきて伊子にささやいた。

「式部卿宮《しきぶのきょうのみや》様が、ご相談したいことがあると——」

伊子が目を円くして廂を見ると、いつのまにか嵩那は姿を消してしまっていた。

指定された校書殿《きょうしょでん》の南側にまわると、簀子《すのこ》に立つ嵩那の姿が見えた。

校書殿は書籍や文書類を納める場所で文殿《ふどの》とも呼ばれ、西廂のほうは蔵人所《くろうどどころ》として使われている。

「すみません。かような場所にまで足を運ばせて」

伊子の顔を見るなり、嵩那は頭を下げた。ただならぬ気配に、伊子は気合を入れなおした。突然すぎることを承知の上での呼び出しというのなら、きっと火急の用件であるにちがいない。

「かまいませぬ。南殿（紫宸殿のこと）ではとうぶん宴がつづきそうですから、女房達にも交代で休むように言っております。それに勾当内侍《こうとうのないし》がいてくれますから」

その名を口にしたとたん、嵩那の表情が渋いものになった。

一瞬見間違えたのかと思ったが、そんなことはなかった。嵩那は眉間《みけん》に深いしわを刻んだままだった。

「先ほどの『抜頭』の舞ですが――」

伊子ははっと息を呑んだ。左方の勝利を祝うあの舞に、伊子は言い知れぬ違和感を覚えたのだ。

「宮様も――」

伊子が言い終わらないうちだった。

「どういうつもりだ！」

あたりに響きわたった怒声に、伊子も嵩那も覚えがあった。

周囲を見回すと、少し先にある月華門《げっかもん》の前に右近衛将監が立っていた。

月華門の左右はそのまま築垣《ついがき》が伸びており、裏は紫宸殿南庭《だんてい》の回廊となって通り抜けができるようになっている。そのうえでこの門は右近衛府の詰所にもなっているので、彼がこの場にいることは不思議でもなかった。

右近衛将監の視線の先には、一組の男女がいた。

築垣の前に立つ狩衣《かりぎぬ》姿の若い男は、昌宗だった。そして彼に寄り添うように立っている女人《にょにん》は——。

（え？）

伊子は自分の目を疑った。女人には見覚えがあったが、待宵ではなかった。彼女より少し年長の石見《いわみ》と呼ばれる下臈である。本日は上がりとなったのか、紺帷《こんかたびら》に緋色《ひいろ》の切袴《きりばかま》を着けている。

「……これ、どうしたらいいんですかね」

天を仰《あお》ぐように嵩那が言った。

そんなことは私が聞きたいと伊子は思った。そもそもこんな絵に描いたような修羅場《しゅらば》を穏便に治められる人間などいるはずがない。

つまり昌宗は右近衛将監から待宵を奪っておいて、彼女の同僚にも手を出したということなのか。

だとしたらどう考えても最低だろう。色好みでも最低限の仁義というものがあるのではないか。桐子《ひさこ》と祇子《まさこ》の一件ではないが、心変わりや浮気をするにしても身近な人間は避けるべきだ。もちろん右近衛将監の立場からすれば、待宵に対しては「これで自分のした仕打ちが少しは分かったか」と思うところなのだろうが。

（あれ？　でも、さっき右将監は）

どういうつもりだと昌宗を叱責《しっせき》した。彼が待宵に対して溜飲《りゅういん》が下がったような気持ちがあるのなら、あのような言葉は出てこない。

右近衛将監は怒りに肩を震わせ、びっと石見を指差した。

「待宵という者がありながら、その女人はなんだ！」

「……寧子とは、右将監様が恋仲じゃなかったとですか？」

きょとんとして昌宗は言った。同じとぼけるにしても、あまりにも右近衛将監を馬鹿にした言い草に伊子は愕然《ひと》とする。


（な、なんなの、この男は？）

あんのじょう右近衛将監は、屈辱《くつじょく》に頰《ほお》を赤くした。

対して昌宗は、右近衛将監の剣幕に恐れをなしたように一歩後ずさった。石見のほうもおびえているのか、昌宗の腕をぎゅっとつかんでいる。

「その女から離れろ！　待宵にすまないと思わないのか！」

右近衛将監は叫んだが、ここにきてのまさかの彼の本音に伊子はあっけに取られた。

つまり右近衛将監は、自分を裏切った待宵のために昌宗の浮気を責めたてていたのだ。

これは二十二歳にして、なんという純情さか。いや、それだけ待宵のことを想っているということなのかもしれなかった。

嵩那の意見を求めようと横をむいた伊子は、そこがもぬけの殻《から》になっていることにはじめて気がついた。

「え、宮様、どこ？」

　きょろきょろとあたりを見回した伊子は、ぎょっとする。

　いつのまに簀子を降りたのか、深紫《こきむらさき》の束帯になんと草鞋を履いた嵩那が彼等にむかって一目散に走っていたからだ。おそらく庭に下りるときのために、階《きざはし》付近に常備してあるものを引っ掛けたのだろう。当代一の貴公子と名高い親王にあるまじき姿だが、背に腹は替えられない。

　いっぽう頭に血が上った右近衛将監は、嵩那の存在など目に入っていないようだった。

「きさまっ！」

　怒声をあげると、右近衛将監は昌宗に飛び掛かっていった。

「やめろ、敵《かな》うわけがないだろ！」

　男の自尊心を完全に粉砕《ふんさい》するような嵩那の叫びと、右近衛将監が昌宗に吹っ飛ばされたのは同時だった。白砂のうえに小柄な身体《からだ》が放り出され、伊子は思わず目を瞑《つむ》った。

「右将監、大丈夫か？」

　嵩那の叫びと同時に、おそるおそる目をあけた伊子はその場にうなだれた。

　いや、こうなるだろう。普通に考えて。

「す、すいません。ばってん急に飛び掛かってくっから――」

　思った以上に吹っ飛んだことに恐れをなしたのだろう。昌宗が急いでかけよろうとしたときだった。

「右将監様！」

叫び声と同時に、どこからか飛び出してきたのは待宵だった。こちらも局《つぼね》に下がったあとみえて、紺帷に切袴姿である。彼女は白砂の足元をものともせず右近衛将監のもとに駆け寄ると、傍《かたわ》らにしゃがみこんだ。

「大丈夫ですか？　お怪我《けが》は？」

左頬にうっすらと血をにじませたまま、右将監はきょとんとして待宵を見返した。

「あ、うん。たぶんかすり傷……」

「よかった」

ほっと安堵《あんど》の息をつくと待宵は、少し離れた場所でこの光景を呆然《ぼうぜん》と見つめる昌宗にむかって叫んだ。

「こん、ばかちんがっ！」

一瞬、なにを言っているのかと思った。

しかし待宵は周りの目などいっこうにかまわず、同じ調子でまくしたてる。

「ほんなごて、なんしよっとね！　あんたんごたとが本気ばだしたら、右将監様んごてこまかもんのたまんもんねっ」

待宵の言葉はますます難解を極めてゆくが、ようするに右近衛将監を投げ飛ばした昌宗を責めているらしい。しかし三角関係という三人の関係を考えれば、これはちょっとおかしなやり取りではないか。

（ひょっとしてこれは……）

まさかの思いが伊子の頭に浮かぶ。そして次に待宵の口から放たれた言葉は、その疑念を確信に変えた。

「石見からあんたとの仲立ちば頼まれたけん、ちゃんと二人が会えとっか気になって出てきてみたら、なして右将監様が投げ飛ばされとっとね！」

ちょっと待って。つい二日前、あなたも右将監を突き飛ばしたばかりでしょう。しかもあんな猪のような容赦《ようしゃ》ない突進で。

そう突っこみたくなる気持ちは脇において、おおよそ伊子は合点《がてん》がいった。

心変わりにかんしては完全に右近衛将監の勘違いで、待宵は変わらず右近衛将監のことを想っていたのだ。

とはいえ疑問は山ほど残っている。なにより疑惑のきっかけとなった、牡丹《ぼたん》の文はどう説明すればいいのだ。あんな文、恋情を抱いていない相手に出すものではない。

そして昌宗から受け取ったあの包み。あの中身がなにであるかよりも、なにゆえあそこまで右近衛将監に触れられることを拒否したのかが分からない。まるで触れさせてはならないもののような反応だった。

伊子は顎先に指をあて、考えをめぐらせた。

相撲節会《すまいのせちえ》には遊興的な要素はあるが、もともと神事的な意味を持つ儀式だ。その神聖なる儀式の運営にかかわっていた右近衛将監に触れさせてはならないものといえば――。

（穢《けが》れ？）

はっと閃《ひらめ》いて、伊子は顔をあげた。

庭のほうでは気を取り直した嵩那が、四人の若者達をなだめている。

「右将監。状況を鑑《かんが》みるに、早合点していきなり飛び掛かったお前が悪い。大野昌宗、そして石見もそなたたちに非はないゆえ、気にせず行くがよい」

そうだ、それが正解だ。伊子は簀子《すのこ》でうなずいた。

嵩那がどの程度状況を察してこのような措置を取ったのかは不明だが、伊子の推測が正しいとすれば、このあとの追及現場に昌宗と石見が居られてはかえってややこしくなる。

「右将監様、また血が」

待宵は胸元から布を出すと右近衛将監の頬をぬぐった。にじんだ血をぬぐったはずなのに、右将監の頬はさらに赤くなった。

「あ、ありがとう……」

ぎこちなく礼を言う右近衛将監に、待宵は黙ったままだ。

待宵が頰をぬぐいおわったあと、右近衛将監は思いきったように尋ねた。

「あの、さっきのしゃべり方は？」

「肥前の方言です」

遠慮《えんりょ》がちに訊いた右近衛将監に、これまで通りぶすっとした調子で待宵は答えた。

しかしもはや取り繕《つくろ》っても手遅れだと考え直したらしく、まるで堰《せき》を切ったかのようにまくしたてた。

「しょんなかでしょ。うちは六歳から十四歳まで肥前におったとやっけんが、いまさら都の言葉なんて使えるもんねっ。ばってん宮仕えでこやんか口ば利《き》いたらがらるっ（怒られる）に決まっとうけんが」

確かに。怒りはしないが、せめて主上《おかみ》の前では気をつけなさいとは言う。

都人の上から目線で方言を見下すつもりは露ほどもないが、公《おおやけ》の場では使うべき言葉というものがある。そしてそれは、大人なら注意すれば次第にできてくることだ。

つまり待宵の御所での極端な無口には、こういった事情があったのだ。

伊子は静かに蝙蝠《かわほり》を開いて、顔の前にかざした。

「待宵。そして右将監」

声と禁色の衣で、誰だか分かったのだろう。簀子から呼びかけた伊子に、二人は驚いて目を見開いた。どうやら伊子の存在には気付いていなかったらしい。

ちらりと嵩那のほうを見やると、彼はなにもかも悟ったようにこくりとうなずく。

「あなた達に訊きたいことがあります。二人ともこちらに上がっていらっしゃい」

上がるように言いはしたが、さすがにこの身分差で簀子に相席するわけにはいかず、急《きゅう》遽《きょ》承香殿に場所を移して話をすることになった。

御簾《みす》を下ろして伊子は母屋《もや》に、嵩那と他の二人は廂《ひさし》の間に席を取った。

そうとう緊張しているとみえて、待宵と右近衛将監は一言もしゃべらない。待宵には右近衛将監の口から、一連の件が嵩那と伊子の知るよしとなった事実と経緯を教えている。

「待宵」

気まずい空気に耐えかねたように、嵩那が切りだした。

「そもそも恋人でもない男に、なぜあのような疑いを持たれる文を出したのだ？」

「……そ、そいは、その」

「猪《いのしし》の肉ですね」

伊子の言葉に、御簾のむこうで三人がしんっとなった。

「それだ！」

嵩那がぱんっと手を打ち鳴らした。

牡丹が猪肉《ししにく》の隠語として使われているというのは、知る人ぞ知る事実である。ちなみに鹿肉は紅葉《もみじ》、馬肉は桜と称する。

なぜこのような隠語が使われるようになったのかというと、基本的に獣の肉を食べることが忌避《きひ》されていたからである。特に牛、馬、犬、猿、鶏の肉にかんしては、天武《てんむ》天皇の時代にはっきりと禁止のお触れが出ている。実のところ鹿と猪にかんしては禁ぜられてまではいなかったが、食した者は当日の参内《さんだい》を避けるようにとされている。いずれにしろ獣肉はおおっぴらに食せるものではなかった。

察するに待宵は、上洛《じょうらく》のさいに猪肉を持参してくれるよう昌宗に頼んでいたのだ。もちろん生肉ではなく干し肉だろうが。

「そんとおりです」

もはや観念したとみえて、待宵はあっさりと認めた。

「ばってん、猪肉とか書いて人に見られでんしたら大変なことになっと思って、そいで牡丹と書いたとです」

結果として、牡丹でもそれなりに大変なことになった。

そう指摘したい気持ちを抑えて、伊子は右近衛将監を見た。あまりの展開に彼はしばし言葉をなくしてしまったようだ。

「……じ、じゃあ、内《うち》の重《へ》で昌宗から受け取っていた包みは、猪肉だったのか？」

　右近衛将監の問いに待宵はこくりとうなずいた。

「肥前におったときからの大好物やけん。ばってん都ではなかなか食べられんもんで」

「だからといって、あんなすごい勢いで突き飛ばさなくても……」

　そう言ったのは嵩那だった。結果的に自分があの現場を目にしていたことをばらしてしまっている。それは待宵は知らないはずだったが、動揺《どうよう》していたのか彼女は特に引っかかったようすもなく答えた。

「そいばってん右将監様がまかりまちがって食べどんしたら、仕事にいかれんごてなるやなかですか」

　確かに獣肉を食した者は参内を控えなければならなくなるが、普通に考えればあの状況でなぜ右近衛将監が食することにまで想像が進むのだろう。

（雉の干し肉とか言ってごまかしたら、じゃあ一口くれとかいう展開にはなるかしら？）

などという展開を仮定してみたが、もし待宵がそんなことまで考えたのだとしたら、なんと想像力のたくましいことか。

　いずれにしろ喧嘩《けんか》だったとしても、大人同士のやりとりであの猪突猛進《ちょとつもうしん》はない。隠すにしても、もう少しうまくやれなかったものか。そうすればこんなこじれたことにはならなかったのに。

伊子は頭痛をこらえるように、こめかみをぎゅっと押さえた。

「猪肉を口にしたら参内を控えねばならぬことは女房とて一緒です。かように穢れたものを口にして御所にあがることは――」

「ばってん女子《おなご》は最初から穢れた者として成仏《じょうぶつ》もできんとやっけんが、いまさら多少の穢れば気にしたっちゃ焼け石に水やなかかと思うとですけど」

「…………」

「うちはもともと女子やけんよかばってん、右将監様はお勤めもあるけん、万が一にでん食べどんしたらいかんと思うたとです」

方言での発言権を得た待宵は、まさに水を得た魚のように流暢《りゅうちょう》に自分の考えを述べた。

その言い分は伊子にとって、まさしく目から鱗《うろこ》であった。

仏教において女人《にょにん》は『諸悪の根源であり、善法を皆尽きさせるもとである』と説《と》かれている。それゆえ女は罪深き存在として、そのままでは成仏することができないと言われているのだ。

神道《しんとう》においてはそこまで極端に遠ざけられてはいないが、やはり月のさはりや出産等の血の穢れを持つ者としてたびたび忌避される。もともとこの国の最高位の神は女で、最初の出家者も女人なのに、そんなことは完全に忘れたような扱われようである。

そんな教えの影響もあり、世間の女人達は成仏をねがって男よりもいっそう勤行《ごんぎょう》に励《はげ》んでいる。だというのに待宵は――。

――うちはもともと女子やけんよかばってん。

皮肉でもなんでもなく、どうやら本気でそう思っているらしい。

自分は罪深き女の身だからこそ、好きな猪肉を遠慮せずに食べられる。たとえ成仏ができなかろうと、この世で生きて美味《おい》しいものを食べられるほうが価値はある。

まこと女子とはなんと罪深く、そして強くてたくましい生き物であることか。

伊子は御簾の外に漏《も》れぬよう、そっと笑いを漏らした。

「で、では、私が疎《うと》んじられていたわけではなかったのだな」

弾んだ声をあげたのは右近衛将監だった。

待宵の自分に対する本心が分かったからか、他の突っこみどころはどうでもよくなったかのような晴れ晴れとした笑顔である。

対して待宵はきっぱりと言った。

「あたいまえです。うちは右将監様のこと、がばい好いとうですもん」

これまで無口を通していた待宵からこんな率直《そっちょく》な言葉が聞けるなど、右近衛将監にとっては無常の喜びだったのだろう。彼はもはや喜びを抑えきれない声で言った。

「ならば今度、市場で干し肉を買っておくから、宿下がりをしたときにでもうちで好きなだけ食べるといい」

「ほんなごつですか⁉」

待宵は表情を輝かせた。

「知っとうですか。猪肉は干したもんもうまかけど、さばいたばっかりの肉に塩ばふって炭火で焼くとが一番おいしかです。一度右将監様にも食べさせてあげたかです」

「そうなのか。それはぜひ一度食してみたいものだ」

御所に詰めている夜居《よい》の僧侶《そうりょ》が耳にしたら卒倒しそうな話に、伊子はうろんな顔付きになった。とはいえこちらは受戒《じゅかい》すら赦《ゆる》されぬ罪深い女の身なので、罰当たりは元々ということでただただ聞かなかったふりをすることにした。

猪肉は出仕がない日に食べるようにする。方言は好きに語ってかまわないが、儀式等の公《おおやけ》の場では、こちらの言葉でしゃべるように心がける。この二つを守るようにすれば、今回のことは見ないふりをしようと伊子は思った。

残る問題は、罪深くない男である嵩那がどう思っているかだ。基本的には話が分かる人だが、さてこの事態にはどう出るものだろう。伊子ははしゃぎまくる若者達を、がっくりと肩を落として眺める嵩那にと視線を動かした。

気配を感じたのだろう。ほどなくして嵩那もこちらをむいた。

御簾一枚を隔《へだ》てて、まちがいなく視線が重なった。

「大君《おおいきみ》」

嵩那が呼びかけた。

「はい？」

「猪もですが、足が多いものほど食すのは罪深いといいますよね」

まあ、まったく関係のない問いではなかった。同じ殺生《せっしょう》でも、足のない魚や二本足の鳥を食べることは許容されている。鳥でも鶏《にわとり》だけは神の使いとされているので食さないが（闘鶏《とうけい》はさせるが）、雉《きじ》や鴨《かも》は普通に食されている。

「そう、申しますわね」

「前から思っていたんですけど、蛸《たこ》と烏賊《いか》はどうなるんですかね」

「……」

「あと、イナゴも」

彼らしいと言えばらしい問いだが、この場でする問いなのかと真剣に思った。

答えに窮《きゅう》する伊子に、嵩那はくすりと笑い声を漏らして言った。

「つまり、その程度のことなのですよ。人が決めたことなんて」

幸せいっぱいの若い恋人達が出て行ったあと、嵩那は御簾ににじりよってきた。

「先ほどの話の続きですが」

そうだった。校書殿《きょうしょでん》に呼ばれてきたとき、嵩那は宴《うたげ》で披露された『抜頭《ばとう》』についてなにか話そうとしていたのだ。

伊子はこくりとうなずく。

「実は私も、あの舞には少し違和感を覚えました」

舞そのものは達者で、管弦の演奏も拙《つたな》い部分はなかったように思う。だから最初は自分の気のせいかと思ったのだが。

「実は奏者の一人が、高麗笛《こまぶえ》を使っていたのですよ」

嵩那の言葉に伊子は怪訝《けげん》な顔をする。

唐舞と高麗舞では、使用する楽器がちがっている。笛の場合、前者が龍笛《りゅうてき》で後者が高麗笛となる。今回の『抜頭』は左方の勝利を祝う唐舞だから、龍笛が使用されるはずだ。

「なぜ、さようなことを？」

「龍笛の担当だった左大将の笛が、高麗笛にすりかわっていたのです」

左大将とは左近衛大将のことで、左近衛府の長官である。

年齢は伊子より三つほど上だったと記憶している。亡くなった先の内大臣の息子で、早世した妹は帝の生母である。すなわち帝の伯父《おじ》にあたる人物なのだが、その身分を笠《かさ》にきることもない気さくな人柄は、男女を問わずに多くの人に好かれている。しかしそのいっぽうで年齢のわりには楽天的、悪く言えば物事を深く考えない迂闊《うかつ》な部分もあった。

そんな人物だから、まず伊子は彼の思い違いを疑った。

「すりかわるなどと現《うつつ》とも思えぬことを。左大将が間違えてお持ちになっただけではないのですか？」

「それはありません」

嵩那はきっぱりと否定した。

訝《いぶか》しげな顔をする伊子に、声をひそめて嵩那は言った。

「その高麗笛は、十六年も前に左大将が勾当内侍《こうとうのないし》に譲《ゆず》ったものなのです」

第三話
あなたに二度目の恋をした

葉月朔日《はづきついたち》。昼の暑さもようやく収まり、朝晩の空気などは肌寒ささえ感じるほどのものとなっていた。植え込みに咲いた桔梗《ききょう》や吾亦紅《われもこう》は盛りを迎え、秋明菊《しゅうめいぎく》や竜胆《りんどう》の花は蕾《つぼみ》をほころばせはじめている。

天高く馬肥《こ》ゆる秋。

そんな心地よい季節にもかかわらず、御所はいまだ先月行われた相撲節会《すまいのせちえ》の話題で持ちきりとなっていた。

左方の勝利を祝うために披露された舞楽『抜頭《ばとう》』の演奏に、本来であれば使われない高《こ》麗笛《まぶえ》の奏者がいた。

その話題はふたつの理由により、瞬く間に御所中に広まることとなっていたのだ。

ひとつはその高麗笛での演奏が非常に巧みで、違和感をむしろ独自の楽曲にまで昇華させてしまっていたことだ。高麗笛は龍笛《りゅうてき》に比べて音域が高く、同じように演奏することはまず難しい。しかし今回はそれを逆手にとったのである。演奏技術の確かさは言うまでもなく、曲の分析、龍笛と高麗笛という二つの笛の特徴をしっかりつかんでいなければできない技だった。

そしてもうひとつの理由が、その巧みな高麗笛の演奏を披露した奏者が、わずか十五歳の美少年であったということだった。

「龍笛を取りに戻ろうとした左大将《さだいしょう》を、その伶人《れいじん》（楽師《がくし》）が止めたというのだね」

確認するような帝《みかど》の問いに、伊子《かのこ》はうなずいた。一躍時の人となった少年伶人・尚鳴《なおなり》の件が帝の耳に入ったのは、召合《めしあわせ》から七日が過ぎた今日のことだった。

雅楽《ががく》の場合、通常龍笛の奏者は三人配される。左近衛大将と尚鳴は、共にその一員だった。近衛府《このえふ》は楽所をその管轄《かんかつ》下においており、左近衛大将は楽所の別当《べっとう》（長官）を兼ねているので二人は上司と部下の関係にある。

演奏直前に笛を袋から出した左近衛大将は、それが高麗笛であることに気付いた。あわてふためく三十五歳の公卿《くぎょう》に、十五歳の少年はどうということでもないように言ったのだという。

『左大将様のご自宅は四条《しじょう》にて、いまから取りに戻っては時間もかかってせっかくの左方の勝利に水を差しましょう。畏《おそ》れながら私の龍笛をお使いくださいませ。そのうえでこちらの高麗笛はぜひとも私にお任せください』

もちろん左近衛大将は固辞した。自分の失態を息子のような年齢の少年に尻拭《しりぬぐ》いをさせるわけにはいかない。しかし尚鳴はまったく悲壮《ひそう》なさまは見せず、それどころか帰国を前にした遣唐使《けんとうし》のように、希望と自信を湛《たた》えた表情で笛の交換を促したのだという。そのうえであの結果だから、御所での話題をさらうのもとうぜんだった。

「それにしても十五歳で正式な奏者を任されているとは、ずいぶんと早熟な若者だ。その年齢であれば、たいていはまだ一線ではなく修練の頃であろうに」

自分と同じ年頃ということもあって、帝の尚鳴に対する興味は尽きないようだった。

「はい。女房達の話によりますと、十三歳で楽所に配属されたときから、すでにひとかどの腕の持ち主であったということです。しかも龍笛のみならず、高麗笛に篳篥《ひちりき》、笙《しょう》の吹き物はもちろん、琵琶《びわ》に琴《こと》、鉦鼓《しょうこ》に鞨鼓《かっこ》とあらゆる楽器を完璧《かんぺき》に奏することができると評判の若者でございます」

伊子の説明に、帝は感嘆《かんたん》の息を漏《も》らした。

「まるで南院宮《なんいんのみや》（清和天皇《せいわてんのう》皇子・貞保親王《さだやすしんのう》のこと。天下無敵の奏者と呼ばれ、管弦の名手として名高い）を思わせる経歴の持ち主であることよ」

「まことに。まだ十五歳ということですから、長ずればどれほどの名人になることか、いまから楽しみでございますわ」

ひとしきり尚鳴の話題でもりあがったあと、帝は思い出したように笑った。

「それにしても、うっかり龍笛と高麗笛を間違えるとは、いかにも伯父上《おじうえ》らしい」

この場合の伯父上とは、左近衛大将のことだ。

明るく大らかなこの伯父を、帝は普通に慕《した》っている。しかし〝いかにも〟の言葉が示すように、年齢のわりには迂闊《うかつ》な部分があることは承知しているようだ。

無くなったと思われていた左近衛大将の龍笛は、宴《うたげ》が終わったあと左近衛府の詰所で袋に入ったまま見つかった。同じような袋だったので、どうやら自分が勘違いをして持ってきたらしい。そう言って左近衛大将が頭をかいたので、いかにも彼らしい失態だと皆笑い飛ばしたそうだ。帝のいまの言葉も、その話を受けてのものだったのだろうが──。

(本当は、そうじゃないのよね)

召合の当日、伊子は嵩那《たかふゆ》から真相を聞かされた。

その高麗笛は左近衛大将が、かつて恋人だった勾当内侍に譲《ゆず》ったものであった。つまりいくら左近衛大将でも、うっかりと持ってこられるはずがない物なのだ。そうなると単純に考えて、この件に勾当内侍がかかわっていることになるのだが──。

(まさか、勾当内侍がさようなことを)

伊子の頭に、頼りがいのある次官の顔が思い浮かんだ。

あの聡明な勾当内侍が、そんな意味のない嫌がらせをするはずがない。しかも近々に別れたというのならともかく、十年以上も前に終わった恋である。

ありえない。考えられない。

そう思いはするが、突きつけられた状況からはいかんとも否定しがたい。

それでもなおとうてい信じがたい疑惑に、伊子の心は不安に揺れ動いた。


その翌日の承香殿《しょうきょうでん》。

昼過ぎに嵩那が来ることになっていたので、ひとまず調度を整えさせてから伊子は脇息《きようそく》にもたれこんだ。

（しかしあの勾当内侍が、あの左大将とねえ……）

かつて恋人同士であったのだと、本人から確認を取ったいまでも信じられない。

千草《ちぐさ》をのぞけばもっとも頼りにしている一つ上の女房は、聡明で上にも下にも細やかな気配りができる、しっかり者を絵に描いたような女人《にょにん》だった。

それがあのうっかり者の左近衛大将とは――。

確かに年齢的には似合いだが、二人の性格を知る者としては、恋人というより母と息子の関係しか思い浮かばない。もっとも付きあっていたのは二人が十代の頃というから、その頃はさすがの勾当内侍ももう少し頼りなかったのかもしれない。

伊子は勾当内侍との、昨日のやりとりを思いだしていた。

どう訊いたものかと数日は躊躇《ちゅうちょ》したが、やはりこのままではいけないと思いきって左近衛大将のことを尋ねてみたのだ。

『十七年も前の話ですわ』

拍子抜けするほどあっけからかんと、勾当内侍は答えた。

よくよく聞いてみると、左近衛大将が勾当内侍の元に通っていたのは知る人ぞ知ることで別に内密にしていたわけでもないらしい。とはいえ勾当内侍が出仕をはじめる前の話なので、詳しいことを誰も知らないというだけだったのである。

五位の参議の娘であった勾当内侍のところに、当時は兵衛佐《ひょうえのすけ》だった左近衛大将が通うようになったのはそれぐらい昔の話であった。左近衛大将にはすでに正室がいたが、父親を亡くして生活に困窮《こんきゅう》していた勾当内侍にとって、彼の援助は天の配剤にも等しいものだった。

しかし正室の流産がきっかけで、二人の仲は一年ほどで終わる。傷心の妻を気遣った左近衛大将から別れを告げられたのだそうだ。そのさい当面の暮らしのためにと十分な見舞いの品々と共に贈られたものが、今回すりかえられたとされた高麗笛《こまぶえ》だったのである。

内大臣家に伝わる『柳雪《りゅうせつ》』という名笛で、左近衛大将はひと目見ただけで自分が勾当内侍に授けたものだと分かった。

それが十六年も過ぎたいま、なぜこのような形で目にすることとなったのか？

よもや彼女が自分を恨んでこのような真似《まね》をしたのではあるまいか。女の嫉妬《しっと》を表したとされる『抜頭』を奏でながら、左近衛大将は思い悩んだ。そうしてかねてより親しくしていた嵩那を通じて、伊子にと相談がきたのである。

それで伊子は一応の経緯を話した上で、勾当内侍に柳雪の所有を尋ねた。

勾当内侍はもちろん驚きを隠さなかったが、そのうえで彼女は答えた。

『生活のために売りました』

ぽかんとする伊子に、勾当内侍は珍しく顔を赤らめた。

『宮仕えをはじめる前ですから、十四年も前にはなりましょうか。左大将様には申し訳ないと思ったのですが、本当にあのときは、米も炭もなくて困り果てておりましたので』

『あら、いただいたものなのですから申し訳なく思うことなどありませんよ』

口を挟んだのは千草だった。

内密の話ではあるが、伊子は信頼する彼女だけはそばに控えさせていたのである。

『そもそも笛は女が吹くものではないのですから、そんなもの持っていても宝の持ち腐れです。それぐらいでしたら米や魚に換えたほうが、ずっと有意義ですわ』

主人である伊子を無視して話しつづける千草に、勾当内侍は遠慮《えんりょ》がちに言った。

『確かに背に腹は替えられませぬが、左大将様のお心を思うと申し訳なくて』

『別れた男なんて、その瞬間から塵芥《ちりあくた》ですよ。自分から別れを切りだしておいて形見の品を渡すって、どんだけおめでたいんですかね』

あいかわらずの暴言を交えて千草は笑い飛ばしたが、伊子は地味に傷ついた。その別れた男への想いをいまだ引きずっている身としては居たたまれない。

（本当に、千草ぐらいに割りきれたら良いのだろうけれど……）

それにしても別れた男など塵芥というのは、四回の離婚歴がある彼女の口から出ると説得力がありすぎる。そこまではなくとも、この調子であれば勾当内侍もすでに割りきっているだろう。身近な二人の女人の潔《いさぎよ》さが少し羨《うらや》ましい。

それはともかく、今回の柳雪の件に勾当内侍はかかわっていないようだ。考えてみれば彼女は召合《めしあわせ》の間は伊子のそばにいたから、笛をすりかえるなどできるはずがない。

色々と思いだしているところに女房が来て、嵩那と左近衛大将の来訪を告げた。

御簾《みす》のむこうに現れた嵩那は、親王色の深紫《こきむらさき》の束帯姿。左近衛大将は公卿が身につける黒の束帯姿である。二人とも出仕の帰りのようだ。すらりと背の高い嵩那より左近衛大将はさらに長身で、横にもいくぶん広いがっしりした体軀《たいく》の美丈夫《びじょうふ》だった。

彼等が茵《しとね》に腰を下ろすと、伊子は勾当内侍から聞いた話を告げた。

彼女は柳雪を十年以上前に手放しており、いまさら忍ばせるなど不可能であることを聞くと、左近衛大将は安堵《あんど》した声で言った。

「ならば安心致しました。されど旭子《あきこ》に、さように困窮《こんきゅう》していた時期があったとは知りませんでした」

「旭子？」

同時に声をあげた伊子と嵩那に、左近衛大将はこくりとうなずいた。

「勾当内侍の名前です。ああ、いまさらそのような呼び方をするのは、別れた相手にたいして礼を欠いていますね」

などと口では言うが、言葉ほどには反省しているようには聞こえなかった。このあたりも彼の大らかさというか、鈍感さの表れなのだろう。自分の形見の笛を売ったことに怒る素振りを見せないあたりも含めて、良くも悪くものん気な人物である。

「私は別れるとき、四、五年は困らないぶんの物を渡したつもりでいたのですが、なにゆえそのように早く困窮してしまったものでしょうか」

「さほどにまとまった物を用意して差し上げたのですか？」

驚いたように嵩那は言った。

正式な結婚では妻の実家が夫を支援するが、そうではない内縁の恋人の場合、経済力のない女を男が支援するのが普通だ。ましてこの二人の場合、諍《いさか》いを起こしたわけでも勾当内侍に非があって別れたわけでもない。ならば詫《わ》びの意味もこめて、まとまったものを手切れ金として渡すことは理解できる。

それでも四、五年分とはかなり大きい。嵩那が驚くのはもっともだろう。

しかし伊子は、あの勾当内侍がそれだけのものをもらっておきながら、わずか二年で生活に困窮したということのほうが信じられなかった。

「一応そのつもりで渡したのですが。もっとも生きていれば、不測の事態というものはいくらでもありますからね」

やけにしみじみと左近衛大将は言った。

確かにこの人の身内などは、不測の事態の連続だった。東宮《とうぐう》妃となってすぐに男皇子を産んだ妹は、それからすぐにはかなくなられた。内大臣であった父も、孫の即位を見ないまま他界している。左近衛大将本人にしても、順調に出世を重ねながらも正室との間に子はできず、外にも出来たという話もなく、三十五歳の今日まで跡取りには恵まれないままである。

そう考えるとまことについていない人なのだが、それでもこの朗《ほが》らかさはきっと天性のものなのだろう。なんとなくだが、嵩那が親しくしているというのが分かる気がする。

話が一段落ついたところで、左近衛大将はおもむろに懐《ふところ》を探りだした。そうして彼は一本の高麗笛を取り出した。

「それが、柳雪でございますか?」

嵩那の問いに、左近衛大将はうなずいた。御簾があるため、伊子にははっきりと笛の特色は分からなかった。

「それにしても、なんと縁深きことでありましょう。十六年の時を経て、離れていた笛がふたたび左大将の前に姿を現すとは」

感慨《かんがい》深げに嵩那が言った。現実的に考えれば、勾当内侍の手を離れた柳雪がめぐりめぐって近衛府の武官か楽所の伶人《れいじん》の手に渡り、それを左近衛大将がうっかり持ち出したというところだろうが、それでも奇跡的なめぐりあわせにはちがいない。

「私もそう思いますわ。ひょっとして柳雪は、左大将を慕って御前《おんまえ》に現れたのやもしれませぬね」

「それで結局、柳雪の現在の持ち主は誰なのですか？」

心持ち興奮して問う伊子と嵩那に、左近衛大将は困惑げに答えた。

「いや、それがみな存ぜぬと言うのですよ」

「はい？」

「近衛府の者、楽所の者全員に当たってみましたが、どの者も自分は存ぜぬと……つまりあの笛がどうやって私のもとに来たのか、まったく分からないのです」

伊子と嵩那は、御簾を挟んで見詰めあった。

そんな馬鹿なことがあるものだろうか？　それではまるで柳雪が、菅公《かんこう》（菅原道真《すがわらのみちざね》）を慕って大宰府まで飛んできた『飛梅《とびうめ》』のように、左近衛大将を追ってきたかのようではないか。そんなこと、まるで――。

「え、付喪神《つくもがみ》でもついているとか？」

いままさに伊子が思っていたことを、嵩那が口にした。

長年使用してきた道具には霊魂が宿り、付喪神という存在になると言われている。神というより妖怪《あやかし》に近い存在だが、そうであれば笛が左近衛大将に追ってきたというのも説明がつく。

（じゃあ大宰府の飛梅も、妖怪になるのかしら？）

御神木に対してなかなかに罰当たりなことを、伊子は思いついた。

左近衛大将は、心当たりがないとばかりに首を捻《ひね》る。

「実はこの笛は、私の祖父がさる宮家の後家殿から譲《ゆず》り受けたものなのです。仮に付喪神となっているのなら、そちらのほうに行きそうな気がするのですが……」

別に嵩那も、本気で付喪神の仕業《しわざ》だと思ったわけでもないだろう。そもそも付喪神は人に悪戯《いたずら》をする輩《やから》で、飛梅のように主人を追う類《たぐい》のものではない。

左近衛大将はしばらく思案していたが、しまいには考えることに飽《あ》きたかのように軽い口調で言った。

「まあ、おそらくなんらかのおりに紛《まぎ》れこんだのでしょう。近衛府は楽所の者も含めて人の出入りが多い場所でございますから」

それでいいのか？　とも思ったが、本人は納得している。

詳しく訊いてみると、左近衛大将は自分の龍笛をしばしば左近衛府に置いたままにしていたのだという。盗難の危険性もあるから普通は懐に入れて持ち歩くものだが、そのあたりのうっかりぶりも左近衛大将らしい。相撲節会のさいも、前日に置き忘れていたものを当日にあわてて回収したので、きっとそれで間違えたのだろうと彼は言った。だとしても柳雪の現在の持ち主が分からないという説明はつかないのだが、本人が気にしていないのならどうしようもない。

「ならば左大将。その笛はあなたがお持ちになりますか？」

嵩那の問いに、左近衛大将は首を横に振った。

「いえ、一度他人に授けたものをふたたびというのも不粋《ぶすい》ですから」

「では、いかがなさるおつもりですか？」

「伶人の尚鳴に授けようかと考えております」

予想もしない答えに、伊子も嵩那も目を瞬かせる。

そんな二人に、左近衛大将は自分の意図を説明した。

「尚鳴は今回の上演における功労者です。褒美《ほうび》ということもありますが、なによりあのような名手の手に渡れば、柳雪も本望でしょう」

なるほど。聞いてみれば、なかなか気の利《き》いた処遇である。

嵩那も同じ思いらしく、しきりに相槌《あいづち》をうっている。そのうえで彼は、妙案を思いついたとばかりに言った。

「もしよろしければ尚鳴をここに呼んで、授けた柳雪で一曲奏でてもらうわけには参りませぬでしょうか」

嵩那の提案に、左近衛大将は大きく頷《うなず》いた。

「なるほど。それはよき御提案ですね。尚侍《かん》の君《きみ》、かの者をこちらに呼んでもよろしいでしょうか？」

「私は、もちろん喜んで」

伊子は二つ返事で承諾《しょうだく》した。まさしく時の人というべき少年伶人の演奏を聴くことができるのだから、こんな幸運はない。

左近衛大将は、拳で自分の膝をぽんっと叩いた。

「承知いたしました。さっそく楽所のほうに遣いを出しましょう」


それからわずかのちに、承香殿は大勢の女房達でひしめきあうことになった。

話題の少年伶人が笛を奏でるという話を聞きつけて、内侍司《ないしのつかさ》や弘徽殿《こきでん》、はては貞観殿《じょうがんでん》からまでも女房達がやってきたからである。

その中には勾当内侍《こうとうのないし》もいて、彼女は近づいてくると申し訳なさそうに頭を下げた。

「すみませぬ。私まではしたなくお邪魔いたしました」

「あら、珍しい。あなたがこのような場所に顔を出すなんて」

どうということもないように伊子は答えたが、内心では御簾のむこうにいる左近衛大将のことが気になっていた。

「はい。話題の伶人の演奏ということで、ぜひご相伴《しょうばん》に預かりたいと思いまして」

そこで勾当内侍はいったん声をひそめた。

「結局、柳雪の件はどうなりましたか？」

どうやら、なぜ尚鳴が呼ばれることになったのかまでは聞いていないらしい。

「尚鳴に下賜《かし》することにしたそうよ」

伊子の答えに、勾当内侍は目を瞬かせた。

自分とまったく同じ反応に、伊子は笑いをこらえて説明をした。

「抜頭《ばとう》の演奏での功労と、なにより彼の才を称したいという左大将のお考えよ。それに一度あなたに譲《ゆず》ったものを、自分のものにするのも調子が悪いとおっしゃられてね」

しかしあのときは思わなかったが、こうして勾当内侍を前にして話すと、やはり左近衛大将は少なからず不快に感じていたのではとも思った。不快というと少々言葉がきつい気もするが、傷ついたというのも別れを切りだした側にふさわしい表現ではない。千草も言っていたが、一方的に別れ話を持ちだしておいて形見の品を渡すというのもそうとうにおめでたい。

（とはいっても、別れの理由がまともだからなあ……）

流産してしまった妻を気遣ってという理由は、人間として多分正しい。だからこそ勾当内侍も、恨みがましいことを言わないのかもしれない。もちろん彼女の聡明さとたしなみも大きな要因だろうが。

伊子は勾当内侍のための席を、自分の横に作らせた。その傍に千草が控え、なにやら二人で世間話をしている。性格も境遇もまったく異なる二人だが、頼る男も実家もなく、自分の才覚で食い扶持《ぶち》を稼《かせ》ぐ女という点では共通しているので話があうのかもしれない。

やがて壺庭《つぼにわ》に尚鳴が姿を見せると、女房達はいっせいにざわつきだした。

濃紺《のうこん》の狩衣《かりぎぬ》姿の伶人は、ほっそりとした身体《からだ》にしなやかに長い手足を持つ、朝露を浮かべた清らかな蛍草《ほたるぐさ》を思わせる美少年だった。

「とつぜん呼びだしてすまなかったな」

すでに簀子《すのこ》に出ていた左近衛大将が言うと、尚鳴はゆっくりと頭を振った。

「とんでもないです。されどかような高貴な方々がお住まいの場所に、私のようなものが参ってよろしいものかと――」

さすがに緊張したように尚鳴は言った。簀子はもちろん、御簾の中にまで女房達がひしめきあっていることは庭からでも見えるだろう。

初々《ういうい》しい少年の発言に、左近衛大将は声をあげて笑った。

「さように緊張をいたすな。そなたの演奏を所望《しょもう》して、御所中のきれいどころが集まってきたのだぞ」

そんなことを言うとなおさら緊張させてしまう気もするが、どうやら左近衛大将は気付いていないらしい。彼は簀子の尚鳴を呼び寄せると、高欄《こうらん》越しに腕を伸ばして柳雪を手渡した。

に授けよう」

「私などより、そなたのような名手が持つにふさわしい。召合《めしあわせ》の日の褒美として、そなた
左近衛大将からは、名笛を惜しんだ様子は少しも見られなかった。

しかし尚鳴のほうは、思いがけない事態に恐縮しきりであった。

「滅相《めっそう》もございませぬ。私のような者がかような名笛を所有するわけには……」

「謙遜《けんそん》をいたすな。ならば、そなたが柳雪を所有するにふさわしい達人であることを証明するためにも、ここでなにか奏でてはくれまいか」

気の利いた冗談を言うように左近衛大将は言うが、伊子は呆《あき》れた。

いったい相手をいくつだと思っているのだ。場慣れした大人であれば意気にも感じて頑張りもするが、十五歳の少年ではますますのこと萎縮《いしゅく》してしまうではないか。

（いや、悪い人ではないのだけど……）

横に座っていた勾当内侍が深いため息をついていた。

伊子はちらりと彼女を一瞥《いちべつ》し、きっと十七年前も左近衛大将はこんな調子だったのだろうと思った。

「そう緊張することはない。そなたの得意な曲を、興を助けるつもりで一曲奏でてくれればよいのだよ」

「左大将様、これは？」

見兼ねたらしく、同じ簀子に出ていた嵩那が口を挟む。そもそも尚鳴の演奏を提案したのが嵩那だったから、申し訳なく感じているのかもしれない。

尚鳴はしばし躊躇《ちゅうちょ》していたようだったが、やおら毅然《きぜん》と顔をあげて言った。

「では『抜頭』を奏でたいと思います。こたびは高麗楽《こまがく》の形で」

先刻までのためらいが嘘のような自信に満ちた声音《こわね》に、伊子は目を見張った。

御簾を隔《へだ》てているのではっきりとは見えないが、少年は若竹のように背筋をしゃんと伸ばしている。

「抜頭？」

相撲節会との同じ選曲を、嵩那は訝《いぶか》しげに唱えた。

「はい。皆様もご存じのとおり、『抜頭』は唐楽と高麗楽の双方で奏でられる曲。ここは同じ曲を聴き比べることで、ぜひとも高麗笛本来の優れた音色を感じていただければと」

それこそ高麗笛のように、よく通る高らかな声で尚鳴は言った。

人々が首を傾《かし》げる中、合点《がてん》がいったとばかりに左近衛大将が口を開いた。

「なるほど。唐楽のときは他の方々の龍笛や笙《しょう》の調べにあわせて音を押さえる必要があったが、今回は高麗楽として本来の高麗笛の調べで演奏を披露できるというわけだな」

「左大将様の仰《おお》せの通りでございます」

尚鳴の口ぶりから、気弱さはいっさい感じられなかった。

なんのことはない。尚鳴が躊躇していたのは、緊張ではなく遠慮《えんりょ》からだったのだ。この少年は、自分の演奏に絶対的な自信を持っている。でなければおのれの演奏で、高麗笛のよさを伝えるなどと言えるわけがない。

「よろしい。ぜひとも奏でてみなさい」

左近衛大将に促され、尚鳴は歌口《うたぐち》を口許《くちもと》に当てた。

澄んだ初秋の空気の中、風に溶けこむように自然にその音色は奏でられはじめた。

夏のまばゆさを残しつつも涼やかに心地のよい秋風は、壺庭に開いた撫子《なでしこ》や桔梗《ききょう》、紫苑《しおん》の可憐《かれん》な花々をゆっくりと揺らす。音もなく舞う蜻蛉《とんぼ》のように軽やかに、時には儚《はかな》さをかもしだしながら、尚鳴の笛の音は秋の空気の中を流れてゆく。

御簾内で聞き入りながら、伊子は圧倒された。

まさしく末恐ろしいほどの名手である。これで十五歳というのだから、長ずればどれほどの達人となるのか想像もつかない。女房達の中には感動のあまり涙ぐんでいる者さえいるほどだ。

（大変なことになった）

単純に伊子は思った。この演奏はきっと、伶人《れいじん》・尚鳴の名声をさらにあげ、御所をにぎわす結果になるにちがいない——。

「わろし（よくない）」

ぼそっと聞こえた声に、伊子は耳を疑った。

声の主は、勾当内侍だった。聞こえないように言ったつもりか、あるいはつぶやいた自覚すらないのか、壺庭を眺めたまま悪びれた素振りもない。しかも感涙する者までいる女房達の中にあって、一人だけ面白くもなさそうにふて腐れている。

伊子は耳の次に、今度は自分の目を疑った。

仮に尚鳴の笛の音が好みでなかったとしても、普通に考えて失礼だろう。

これが若い女房や作法《さほう》をわきまえない身分の低い者なら分かるが、宮仕えの女房としては非の打ち所がないと評判の勾当内侍である。

（な、なにか悪いものでも食べたのかしら？）

訳が分からず動揺《どうよう》しているあいだに、尚鳴の演奏は終わってしまった。おかげで曲の後半はまったく入ってこなかったが、周りの反応からしても完璧《かんぺき》な演奏であったにちがいない。それなのに、なぜ勾当内侍はあんな態度を取ったのか。

「これは、高麗笛の真髄《しんずい》を見せつけられ、そのうえで新たな境地まで見せられたような演奏でありましたな」

しみじみと左近衛大将が語り、女房達もいっせいにうなずく。

そうだ。それが普通の感想だろう。しかし勾当内侍は特に感動したようすもなく、無表情のまま相槌《あいづち》を打っただけだった。

もちろん人それぞれ好みというものはある。ただどうしても解せないのは、勾当内侍ともあろう者があんな不躾《ぶしつけ》な言葉を発したことだ。あるいは本当に独り言のつもりで、まさか伊子に聞かれているとは思っていなかったのかもしれないけれど。

　女房達が口々に称賛の言葉を送る中、それまで黙っていた嵩那がおもむろに口を開く。

「尚鳴。そなたはまだ十五歳だと聞いたが、それはまことか?」

「はい。卯月《うづき》で十五になりましてございます」

　演奏を終えた尚鳴は、白砂の上に膝をついて答えた。

「それは、ずいぶんと若いものだ」

　演奏よりも、むしろ若さを称賛するように嵩那は言った。

「ときにそなたはこの『抜頭』という曲が、舞の形だけではなく謂《いわ》れにも二つのものがあるのを存じておるか?」

「……もちろんでございます」

　少々不審を交えたような声で尚鳴は答えた。

　嵩那がいったいなにを言いたいのか分からず、伊子も不審を抱いた。

　左舞でも右舞でも舞われる抜頭は、嵩那が語るように二つの謂れを持つ曲だった。ひとつは唐の后に題材を取った、鬼となるほどの女の嫉妬《しっと》。そしてもうひとつは父親の仇《かたき》を取るため獣に勝負を挑み、ついにそれを果たした子の歓喜である。

楽所の伶人がそれを知らぬはずはなかった。いくら相手が若年者だからといって、そんな質問は失礼だろうと伊子は思った。

皆が戸惑う中、変わらずにこやかに嵩那は言った。

「ならばそなたは、今回はどちらの謂れを考えて、この曲を奏でたのだ？」

なるほど、そういう意図だったのかと、伊子は得心した。

伊子自身は『抜頭』にたいして〝女の嫉妬〟を表した曲という印象が強かったので、疑問にも思わなかった。しかしそんな単純な人間ばかりではない。まして嵩那は、かなり珍妙とはいえ感受性豊かな人だ。そのうえ彼自身が管弦の名手と言われている人物だから、たとえ高麗楽だとしても気になったのだろう。ちなみに舞楽ではなく管弦として曲のみを奏する場合は唐楽が中心で、高麗楽は扱われない。

「……さような意味でございますか」

嵩那の意図が分かったからか、尚鳴の声は穏やかなものになった。

「私がこの曲を奏でるときは、心には常に唐の后を思い浮かべておりましてございます」

「まことか」

意外そうに嵩那は言った。

「その年ではまだ、身を焦がすような恋も嫉妬に身を震わせたこともあるまい。それゆえに私には、そなたの奏でる曲が孝行のように聞こえたのだよ」

嵩那のその一言で、女房達の間にさざめくように笑いが起きた。なるほど。いくら達人とはいえ十五歳の少年だ。初々しい初恋ならともかく、唐の后のような激しい恋は経験がないだろう。

そこで微笑《ほほえ》ましい空気のまま、話は終わると思われたのだが――。

「いえ、好きな女人《にょにん》はおります」

あまりにきっぱりと尚鳴が言ったので、笑い声をあげていた女房達もぴたりと黙りこんでしまった。

「ほう、そなた愛《いと》しい女人がいるのか？」

興味深げに言ったのは、左近衛大将だった。

「はい。心の底からお慕《した》いしております。私の生涯《しょうがい》をかけて、その方をお守りしたいと考えております」

「これはまあ、ずいぶんと情熱的な」

なかばからかうような口調ではあったが、馬鹿にしたような感じではなかった。それどころか、年頃の息子を励《はげ》ましている父親のような空気すらかもしだしている。左近衛大将の人柄に加え、親子に近い年回りなのでよけいにそう感じてしまうのかもしれない。

しかし尚鳴はにこりともせず、変わらず真剣なままに答えた。

「その方を悲しませる者があれば、私は唐の后のように鬼とでも化しましょう」

驚くほど激しい表現に、承香殿は静まり返った。口にしたことが実現するという言霊《ことだま》信仰がある世で、ここまで過激な言葉を使う者は珍しい。しかもそれが十五歳の若者の、恋に対する言葉なのだから違和感しか覚えない。

「すてき……」

どこかで若い女房がため息をもらした。

伊子は耳を疑った。いや、普通に考えて重いだろう。

（それ以上に、むしろ怖い……）

しかし周囲の女房達の反応を見ると、大方の者達はうっとりと頬《ほお》を染めている。どうやら世の中の女人達は、伊子が思っていたよりずっと情熱的だったらしい。あるいは三十を過ぎて、本格的に自分の感性が枯れ果ててきているだけかもしれない。軽い危機感を覚えて、伊子は隣の勾当内侍《こうとうのないし》に目をむける。千草の場合は色々と飛びすぎて比較の対象にならないが、勾当内侍も同世代の女人だ。

（え？）

伊子は目を瞬かせた。

ひとつ年上の同世代の彼女は、けして頬など染めていなかった。

だが横顔は、伊子が思っていたものとはだいぶちがっていた。扇を顎先《あごさき》に当てた勾当内侍は、まるでつぶれた油虫でも見るような顔をしていたのだ。

とうぜんながら伊子の頭には、さきほどの〝わろし〟の言葉が思い浮かんだ。

（ど、どういうこと？　尚鳴の演奏がそんなに気に食わなかったの）

だとしても十五歳の少年に対して、この反応は狭量《きょうりょう》すぎるだろう。

ならばその前後できっかけを作った嵩那か、あるいは左近衛大将に対しての不快感だろうか？　二人がかつて恋人同士であったという現実が、にわかによみがえってきた。

とつぜん左近衛大将が、前栽《せんざい》に植えた萩の葉を揺らすような豪快な笑い声をあげた。

「宮様。今回ばかりはさしもの貴方様《あなたさま》も、見誤られましたな」

女房達もくすくすと笑い声をたて、嵩那はきまり悪そうに頭をかく。

場の空気がたちまち明るいものに変わる。このあたりは左近衛大将の人柄ともいえるのだろう。

ひとしきり笑いあったところで、左近衛大将はわずかに声を落とした。

「さりなれど私は子がおりませぬので、尚鳴の演奏には、宮様と同じく親を思う子の気持ちのほうを感じて、羨《うらや》ましく聞いておりました」

そこで左近衛大将は一度言葉を切り、あらためて言った。

「されど私が父であれば、きっとわが子に対して〝仇など討《う》たずともよい。獣に勝負を挑むなど危ないことをしてくれるな〟と思うことでしょう」

それから数日は、特に何事もなく過ぎた。

御匣殿祇子《みくしげどののまさこ》の女房と弘徽殿の女房が些細《ささい》なことで諍《いさか》いを起こして渡殿《わたどの》でいがみあっているところに、それぞれの殿舎の女房達ほぼ全員がいっせいに駆けつけて罵詈雑言《ばりぞうごん》を飛ばしあったあげく、あまりの大人数にあわや床がきしみかけ、恐怖のあまり女房達が阿鼻叫喚《あびきょうかん》の悲鳴をあげたというのが最大の騒動だった。

「御匣殿に登花殿《とうかでん》をお与えになったのは、最大の失敗でございましたね」

台盤所《だいばんどころ》でその件を話題にしたあと、自分に責任があるわけでもないのに、実に申し訳なさそうに勾当内侍は言った。弘徽殿と登花殿は、渡殿でつながっているいわゆるお隣さん同士である。

「あの方々であれば、たとえ桐壺《きりつぼ》と雷鳴壺《かんなりのつぼ》であろうとおたがいに匂《にお》いをかぎつけて喧嘩《けんか》をはじめますよ」

「千草」

まるで犬を語るような千草の言い草を伊子は咎《とが》めたが、彼女はいつものごとく馬耳東風《ばじとうふう》だった。桐壺と雷鳴壺は、それぞれ東西の端に位置している。

乳姉妹《ちきょうだい》間のいつものやりとりに、勾当内侍は微笑ましげな眼差《まなざ》しをむける。穏やかな表情を見るにつけ、先日のあの反応はなんだったのかと思う。

（まあ、左近衛大将が原因だったとは決まっていないのだけれど……）

しかし勾当内侍のような女人が、尚鳴のような十五歳の少年の行動に目くじらをたてるなど考えにくい。彼の『抜頭《ばとう》』の演奏もそのあとの情熱的な発言も、きっかけとなったのは嵩那と左近衛大将だ。嵩那の過去も褒められたものではなさそうだが、勾当内侍にかぎっていえば、彼女が屈託を持つ相手はまちがいなく左近衛大将だ。

「――尚侍《かん》の君《きみ》は、いかがお思いでしょうか」

勾当内侍の問いかけに、伊子は物思いから立ち返る。

なにか話しかけられていたようだが、考え事をしていて上の空だった。

「あ、ごめんなさい。ちょっとぼうっとしていて」

「まあ、お珍しいこと」

気を悪くしたふうもなく、朗《ほが》らかに勾当内侍は笑う。

なんとなく決まりの悪い思いでいると、千草がぐいっと身を乗り出した。

「あのですね。今後のことを考えれば、渡殿を補強するということも手かもしれないと話していたのです」

最初は冗談かと思ったが、確かに今後もあのような状況がつづくのであれば、それも本気で考えなければならないかもしれない。ここに出産明けで戻ってきた藤壺の者達まで参戦したりしたら、それこそとんでもない事態になる。穢《けが》れを忌避《きひ》する御所で死人を出す前に、打てる策は打っておくべきかもしれない。

（神無月《かんなづき》の更衣《こうい》を迎えたら、冬の衣になってますます重量を増すだろうし）

しかしこの騒動は、再来月になってもつづくのだろうか。想像して伊子が思わず頭を抱えこんだときだ。

「大君《おおいきみ》、いらっしゃいますか？」

黒方《くろぼう》の香りとともに、御簾《みす》むこうの簀子《すのこ》に姿を見せたのは嵩那だった。御所で伊子を大君と呼ぶのは、父・顕充《あきみつ》をのぞけば嵩那しかいない。本日は出仕ではなかったとみえ、紫に蘇芳《すおう》の裏をあわせた紫苑重ねの冠直衣《かんむりのうし》姿だ。

その嵩那が、左近衛大将と連れ立っていることに伊子は軽くあわてた。なにしろすぐそばに勾当内侍がいる。

「はい、いらっしゃいますよ」

いろいろ考える間もなく気軽に千草が返事をしたので、伊子は場を取りつくろうことを諦めた。なにか思うところがあれば、勾当内侍が自分から下がるだろう。

しかし勾当内侍は平然とその場に控えている。

「実はちょっとお話が……」

そう言いながら、嵩那と左近衛大将は並んで腰を下ろした。それではじめて勾当内侍は席を外そうとしたのだが――。

「いや、いてもらってかまわない」

そう嵩那が言ったので、彼女は腰を浮かしたまま戸惑ったように伊子を見た。もちろん伊子には嵩那の意図は分からなかったが、彼がそういうのであれば、むしろ勾当内侍にもいて欲しいのだろうと考えて、こくりとうなずき返した。

結果として御簾を挟んで内側に、伊子と千草と勾当内侍。簀子には嵩那と左近衛大将がむきあって座った。

「ゆゆしき事態が起きました」

左近衛大将は開口一番に告げた。

穏やかではない言葉に、伊子は眉《まゆ》を寄せる。

「ゆゆしき事態？」

「柳雪が戻ってきました」

そう言って左近衛大将は懐から笛を取りだした。御簾があるので細かい部分までは分からなかったが、直前の言葉からしてまちがいなく柳雪だろう。

「その笛は先日、尚鳴に授けたのではありませぬか？」

「そうです。されどその翌日に左近衛府の詰所に戻っていたそうです」

答えたのは嵩那だった。左近衛大将はきゅっと唇を閉ざしたまま、手にした柳雪をじっと見下ろしている。

「やはり尚鳴が遠慮《えんりょ》をして辞退をしたのですか？」

それぐらいしか考えられないが、それも少し意外ではあった。

尚鳴は強欲な人間には見えなかったが、笛の技術にかんしては絶対的な自信を持っているように感じた。だから名笛を賜《たまわ》ったことに恐縮するとは思えなかったのだ。

あんのじょう嵩那は首を横に振った。

「いいえ、そうでは――」

「付喪神《つくもがみ》です」

嵩那の言葉をさえぎり、きっぱりと言ったのは左近衛大将だった。

御簾内をよいことに伊子は思いっきりうろんな顔付きになり、その後ろで千草と勾当内侍が目を見合わせた。つまり柳雪が、付喪神となって左近衛大将のもとに戻ってきたということなのだろうか？

「そうとしか考えられませぬ」

左近衛大将は口調を強くしたが、伊子は意味が分からない。

ひとまず気を取り直して、事情を説明してくれるように左近衛大将を促す。

「笛が戻っていたことを尚鳴に伝えると、彼は柳雪をまちがいなく自宅に保管していたと言いました。それで不可解ではありましたが、いったん尚鳴に返したのです」

そこで左近衛大将は言葉を切る。

「しかしその翌日には、また同じ事態になっておりました。それが三回繰り返され、尚鳴はついに、この笛はやはり左大将様を慕《した》っているのだろうと言って受け取りを辞退してきたのです」

まさに御伽噺《おとぎばなし》のような展開である。それがまことの話なら、尚鳴も気味が悪くて所有できるはずがない。

しかし左近衛大将は、ゆっくりと首を横に揺らした。

「されど私は、この笛が私を慕って追いかけてきたとはとうてい思えないのです」

「なぜでしょう？」

「勾当内侍」

左近衛大将は伊子の問いには答えず、呼びかけた。

「はい？」

「私は、ひょっとしてこの笛は、あなたの元に戻りたいのではと考えたのだ」

伊子は目を円くした。なにをどう考えたら、そんな結論にいきつくのだろう。背に腹は替えられぬ事情だったとはいえ、勾当内侍は二年で柳雪を売り飛ばしたというのに。

あんのじょう勾当内侍は戸惑いがちに口を開いた。

「……おそれいりますが、私には左大将様のおおせの意味が分かりませぬ」

「私があなたにこの笛を授けたときは、かようなことは起こらなかった。あなたが手離したあと柳雪がどのような経緯をたどったのかは分からぬが、いまこうしてここにあるということは、おそらく流されてまいったのであろう。だからこそ私は、あなたのもとに柳雪が二年間ありつづけたということが気になるのだ。あるいはこの笛をあなたに授けたときの私の想いを、笛が汲《く》み取ってくれたのやもしれぬ」

「…………」

左近衛大将の口調は、あきらかに陶酔《とうすい》した気配を帯びはじめていた。

そんな馬鹿なことがあるものか、大宰府の飛梅じゃあるまいし。

若干《じゃっかん》白けつつも、伊子は左近衛大将の真意が摑《つか》めてきた。

おそらく彼は、柳雪を勾当内侍に受け取ってもらいたいのだ。

経済的な事情から手離したことは仕方がないと納得しながらも、一度彼女に授けたものをいまさら自分がという自負のような思いがあるのだろう。あるいは想い出を美化しているのか、もしくはかつての恋人にふたたび色気を抱いているのかもしれない。

そこまでは理解できるが、こんな曰《いわ》くつきの品を人に渡そうとするものだろうか。しかもその危険性にはまったく気が回っていない。偽善とまでは言わないが、男の独りよがりがありありとにじみでていて伊子は呆《あき》れかえった。

（ほんと悪い人じゃないんだけど、考えが及ばないというか……）

見ると勾当内侍も困り果てた顔で、左近衛大将の語りを聞いている。

もらって邪魔になるほどの大きさでもないし、通常であれば勾当内侍も、手っ取り早く事を終わらせるために受け取るところだろう。しかしこんな訳ありの品では、さすがに断るのではないか。

「承知いたしました」

「え？」

伊子は驚きの声をあげた。

勾当内侍は自らにじりでると、左近衛大将が御簾の下から差し出した柳雪を手にした。

「確かにお預かりいたしました」

「よ、よろしいのですか⁉　付喪神がついているかもしれない笛ですよ」

千草が詰め寄るが、勾当内侍は苦笑交じりに答えた。

「ですからお預かりするだけです。この笛がふたたび左大将様のもとに行くようなことがあれば、そのときはそれが柳雪の真意だと承知してお受け取りいただけますね」

「それはもちろん」

はっきりと左近衛大将は承諾《しょうだく》した。

どこまでも冷静かつ穏便な勾当内侍の対応に、伊子は感服する。

「では、それで様子を見てみましょう」

勾当内侍が言った。その声音《こわね》は、左近衛大将をなだめるようでもあった。それだけで彼女が、左近衛大将を恨んではいないことが伝わってきた。

「本当によろしいのですか？　その笛、動きだすかもしれないんですよ……」

千草はまだ納得しきれていないようだ。彼女は人間関係など現実の困難には大変に強気だが、目に見えない怪奇現象にはめっぽう弱気だった。

「そのときは、また調べればよい」

静かに嵩那は言った。

その声は不思議なほど凛《りん》とした響きに満ちていて、伊子ははっと息を呑《の》んだ。

御簾を通しても、背筋をぴんっと張った嵩那の姿勢のよさは見ることができた。

彼は皆の注目を確認してから、ふたたび口を開いた。

「いずれにしろ付喪神の仕業《しわざ》だと決めつけるのは、他の現実的な可能性がすべて否定されてからだ。よく調べもしないうちから安易に物《もの》の怪《け》や妖怪の仕業にするのは、人の生きる姿勢としてよろしくない」


ゆうべ遅く、勾当内侍の局から笛の音が流れてきていた。

その話を伊子が千草から聞いたのは、翌朝のことだった。

勾当内侍は他の女房達が住む曹司町《ぞうしまち》からは、少し離れた場所に局《つぼね》を与えられていた。ゆえに彼女の日常は他の者にはうかがい知れなかったのだが、流れてくる笛の音色は阻《はば》みようがない。しかもそれは迦陵頻迦《かりょうびんが》を思わせるほどの美しい調べであったのだという。

笛は女が扱わぬもの。もしや勾当内侍に通う殿方《とのがた》ができたのではないかという噂《うわさ》は、一晩で御所の女房達の間に広がったらしい。ちなみに柳雪が勾当内侍の所有になったことは女房達の耳には入っていない。

「恋人だなんて、そんなはずありませんって。姫様、あの笛はやっぱり付喪神ですよ」

早々と千草はおびえているが、まずなにより勾当内侍に確認することが先だろう。というかなにを根拠に〝そんなはずはない〟と断言しているのか。それも勾当内侍に失礼ではないか。

「落ちつきなさい。仮にその音が柳雪のものだとしたら、少なくとも今度は左大将のもとには行かなかったことになるのだから」

「ではやはり柳雪は、勾当内侍のもとに留まりたかったのだと？」

「だから、付喪神を前提にして物事を考えるのはお止《や》めなさい」

伊子は少しばかり口調を強くした。

彼女の心には、昨日の嵩那の言葉が残っていた。現状では実害らしきことは起きていないが、だからといって不都合なことを安易に人ならざるものの仕業にしてはいけない。

ゆえに伊子は、この一件をきちんと調べてみるべきだと思ったのだ。

ちょうど勾当内侍が姿を見せたので、伊子は声をひそめて尋ねた。

「柳雪は動いていませんでした？」

淡香《うすこう》の唐衣《からぎぬ》に朽葉《くちば》のにおひかさねの五つ衣を着た勾当内侍は、一瞬意味の分からぬような顔をしたあとに声をたてて笑った。

「ああ、そのことでしたか。大丈夫です。今朝も確認して参りましたが、二階厨子《ずし》の中にありましたよ」

「ゆうべ、なにか不穏なことは起きませんでしたか？」

「いいえ。ぐっすりと寝ていたからか、なにも気付きませんでしたけど」

常と変わらぬ調子で言われ、伊子はそれ以上なにも訊くことはできなかった。

昨夜、あなたの局に誰かが尋ねてきましたか？

いくら上官でも、三十を越した女人《にょにん》に対して訊けるはずがない。仕事中に抜け出してというのならともかく下がったあとの話だ。そんなことはあきらかに越権である。そもそも笛の所在さえはっきりしていれば、それ以外のことは知る必要がない。

そのとき簀子《すのこ》に、一人の女房が姿を見せた。

「勾当内侍。すましの者が御湯のほうをお願いいたしますと」

「承知いたしました」

勾当内侍は腰を上げた。すましとは女官の役名で、御湯殿にて帝が朝召される御湯の準備をする者のことである。この御湯の熱さを確認するのは勾当内侍の役目である。

「では、行って参ります」

そう言って勾当内侍はいったん引き下がった。

「やはり、柳雪は勾当内侍のもとに留まりたかったのですね」

ここぞとばかり得意げに語る千草に、伊子は少し刺々《とげとげ》しく返した。

「では昨夜の笛の音は、柳雪が望む主のもとに留まれた歓喜の調べだというの?」

「いえ、だとしたらやはり恋人かもしれませぬ」

「はい?」

伊子は思いっきり怪訝《けげん》な声をあげた。

つい先ほど、恋人などとそんなはずがないと口にしたばかりではないか。

「どういう意味?」

「柳雪が大人しく留まってなにも起きなかったというのなら、ゆうべの笛の音は、現在の恋人が来て、勾当内侍のために吹いていったのかもしれませぬ」

「現在の恋人?」

「ええ。評判ですよ、勾当内侍に恋人がいるらしいというのは」

「は!?」

伊子はしばし物も言えず、千草の顔を見つめた。

「え、ご存じなかったのですか?」

「し、知らないわよ」

思わず声が大きくなる。

いや、もちろんいてもおかしくはない。勾当内侍は伊子と同じく年増《としま》だが、しっとりして上品な艶《つや》を持つ立派なうば桜だ。殿方から見ても十分に魅力ある女人にちがいない。

しかしあまりにもその気配がなかったので、想像すらしたこともなかった。

「女房達の間ではまことしやかにささやかれております。それが今回の件で、確定した形になりましたね。姫様は曹司町のほうにはあまり顔を出さないので、ご存じなかったのですね」

あっけらかんと千草は言うが、自分だけ仲間外れにされたようで伊子は少し傷ついた。しかしいい年をして、いつまでもそんなことを気にしてはいられない。

「誰か見た者がいるの?」

「相手を見た者はいないのですが、文が頻繁《ひんぱん》に届いているようです。しかもその文をとろけそうな表情で何度も読み返していらっしゃるそうです」

それは恋人からの文だと思うのが普通である。だとしたら左近衛大将から柳雪を受け取ることは、さぞ躊躇《ちゅうちょ》があっただろう。左近衛大将にどの程度色気があったのかは分からないが、それを恋人が知ったのなら愉快であるはずがない。

そこで伊子はふと思いつく。

そうだ。勾当内侍の現在の恋人が、左近衛大将をよく思うはずがない。彼は大らかで悪意のない人間だが、気配りにかんしてはとことん無頓着《むとんちゃく》だった。

(もしかしたら……)

伊子の頭の中に、ひとつの仮説が思い浮かんだ。

十四年前に手離したという勾当内侍の証言が虚言だったとして、柳雪がずっと彼女のもとにありつづけたとしたら――前の恋人が別れの形見にと渡した笛など、新しい恋人にとって不愉快の種でしかない。本来なら叩き返してやりたいところだが、さりとて相手は三位の公卿《くぎょう》。そんな乱暴な真似《まね》が表立ってできるはずがない。

それで召合《めしあわせ》のおり、なんらかの手段で左近衛大将の笛と柳雪をすりかえた。勾当内侍も犯人が分かっていたから、笛を手離したと言って恋人をかばった――そんな説は立てられないだろうか?

(あ、でも)

すぐに否定材料が思い浮かぶ。

ならば尚鳴の手に笛が渡った段階で、事は終わるはずだ。もし一連の怪異が現在の恋人の仕業だとしたら、彼は柳雪が勾当内侍のもとにあることが気に食わないのであって、尚鳴のところにあるものを左近衛大将に戻す必要がない。

となるとやはり千草が言うように、付喪神《つくもがみ》の仕業なのかと思いもする。

（いや、ちょっと待って……）

付喪神の存在を頭から否定するわけではないが、なにかが引っかかる。大きなことを失念している気がする。伊子は頭を抱えこみ、うろんげに自分を見つめる千草にかまわずに低くうなった。

「姫様、あまり考えこむと禿《は》げますよ」

「そんな話、聞いたことが――」

「尚侍《かん》の君《きみ》。主上《おかみ》がそろそろ御湯からおあがりになられるかと」

簀子をやってきた女房の言葉に、伊子は反論を阻まれた。

御湯殿でお湯を召した帝に湯かたびらを奉るのは、上臈《じょうろう》たる伊子の仕事だった。

「わ、分かりました。参ります」

立ち上がると伊子は裾《すそ》を引いて、御湯殿にと足を運んだのだった。

葉月《はづき》の十五日は、昼と夜にそれぞれ儀式が執り行われる。

日中は駒牽《こまひき》。諸国の御牧《みまき》（朝廷の牧場）で育てられた馬が献じられ、紫宸殿《ししんでん》での天覧のもと公卿達にも披露される。

そして夜は観月の宴《うたげ》。中秋《ちゆうしゆう》の名月《めいげつ》を眺めながらの、詩歌《しいか》管弦の宴が催《もよお》される。

「尚鳴に、一曲御所望《ごしよもう》なさりたい？」

伊子は驚きの声をあげた。

紫宸殿の駒牽を終えて装束《しようぞく》をあらためている最中に、帝は自身の希望を伊子に告げたのだった。

「ああ。以前から興味を持っていたのだが、今宵《こよい》の観月はまたとない機会であろう」

「ならばあらかじめ楽所のほうに伝えておきましょう。あの少年はなかなか肝《きも》が据わってはいるようですが、その場で勅命《ちよくめい》を受けてはさすがに緊張するやもしれませぬ」

承香殿での尚鳴の強気なふるまいを思い起こしつつ、伊子は言った。

尚鳴の名に、控えていた女房達が小さな歓声をあげた。伊子はちらりと勾当内侍《こうとうのないし》に目をむける。帝の袍《ほう》を御衣掛に吊るしている彼女の横顔は、常と変わらなかった。

（やっぱり尚鳴ではなく、左大将のほうに腹を立てていたのかしら？）

承香殿で尚鳴が『抜頭《ばとう》』を独奏したときの、勾当内侍の不機嫌な顔がどうしても気になる。一瞬は尚鳴に腹を立てているのかとも思ったが、関係性を考えれば左近衛大将のほうが可能性は高い。

だが尚鳴にかんしては、それとは別に確認しなければならないことがある。

帝が朝餉《あさがれい》の間に入ったあと、伊子は控えていた女房に楽所へ遣いを出すように言った。

「それと尚鳴に、独奏が終わったあとに承香殿に来てくれるように伝えてちょうだい」

怪訝な顔をする女房に伊子は、左大臣《さだいじん》家の宴のことで話があると説明した。

女房が下がったあと、勾当内侍が近づいてきた。

「ご自宅でも観月の宴をなさるのですか？」

「あれは、ただの方便よ」

伊子の答えに勾当内侍は目を見張った。そんな彼女を正面から見据え、伊子はくすっと笑った。

「柳雪の件で、肝心《かんじん》なことを調べ忘れていたことに気がついたの」

「肝心なこと？」

「ええ。柳雪が尚鳴に与えられてから、左大将のもとに四回動いている。その前後、尚鳴はどのようにして柳雪を保管していたのかをきちんと確認していなかったわ」

自宅に保管していたという話だが、尚鳴の自宅はどこにあるのか？　彼が出仕している日中の自宅はどのような状況であったのか？　留守を預かる家人はみな出所がはっきりしている者なのか？　等々の情報を本人に口から確認すべきであった。

「こういうことを訊かずにおいたなどと、まことに迂闊《うかつ》だったわ」

自らを戒《いまし》めるように言う伊子に、遠慮《えんりょ》がちに勾当内侍は口を挟んだ。

「さりなれど尚侍の君のお立場では、伶人《れいじん》のような軽い身分の者から直接話を聞きとるというわけにも参りませぬでしょうから」

「でも、左大将の証言だけでは当てにならないから」

「…………」

「本人には内緒よ」

表向きは微笑を浮かべながら、内心では緊張したまま勾当内侍を見つめる。

そもそも柳雪を手離したという、勾当内侍の証言は嘘なのかもしれないのだ。場合によってはその件は探らなければなるまい。いっぽうでそれとは別に、尚鳴に笛が渡って以降の騒動は彼に確認を取る必要がある。二つの疑念の関連性は分からないし、あるいはまったく別口で起こったことなのかもしれない。

だとしても勾当内侍がなにか隠しているとしたら、さらに調べを進めようとする伊子に対して穏やかではいられないだろう。

伊子の視線を受けても、勾当内侍の表情にはこれといった変化は見られなかった。

女二人はしばし見つめあった。やがて勾当内侍は目を伏せるようにして、小さく笑いを交えながら言った。

「左大将様も、まことに困ったお方ですね」

諦観《ていかん》したようなその物言いからは、左近衛大将に対する屈託はいっさいうかがえなかった。

尚鳴に直接仔細《しさい》を訊く。その計画を嵩那に相談すると、彼は一も二もなく同意した。まだ月の形が曖昧《あいまい》とした逢魔《おうま》が時《とき》。観月の宴のために参内《さんだい》した嵩那を、伊子は渡殿《わたどの》でつかまえたのだ。

話を聞き終えた嵩那は、その場に自分も同席することを望んだ。

「私も、彼への聞き取りは必要だと思います」

実は嵩那も、内心は左近衛大将の証言だけでは当てにならないとは思っていたのだそうだ。しかし左近衛大将本人が気にしたようすもないので黙っていたらしい。実際にあれ以降、騒動は起きていない。

「確かに勾当内侍に恋人がいるのなら、その者の仕業《しわざ》というのは考えられますね」

「ただしそうなると、尚鳴に渡ったあとも四度に渡り左大将のもとに戻されたという事実の説明はできなくなるのです。もしかしたら別件と切り離して考えたほうが良いのかもしれませせぬが」

伊子の疑問を受けて、嵩那はこめかみに指をあててしばらく思案していた。やがて彼は思いきったように切りだす。

「そうする理由がないのでまさかとは思っていたのですが、召合のときもそのあと四回戻ってきた件も、尚鳴であれば柳雪を左大将のもとに忍ばせることは可能ですよね」

伊子がうすうすと感じていたことを、嵩那ははっきりと言葉にした。

そうだ。まるで付喪神の仕業のような五回の不可思議な出来事も、尚鳴であれば可能なのだ。十五年前、勾当内侍の手を離れた柳雪が流れに流れて最初から尚鳴の所有になっていたとしたら、召合の日に左近衛大将の龍笛とすりかえることは可能だっただろう。そのあとに四回に渡り柳雪が返されたことは、言わずもがなだ。近衛府に管轄《かんかつ》下の楽所の伶人が出入りしていても、誰も不思議には思わない。柳雪をまちがいなく自宅に安置していたという証言も、あくまでも本人のものだ。

ようするに少年伶人・尚鳴は、今回の一連の騒動を問題なく行える立場にあったのだ。

だが、動機がない。

伊子と嵩那が目を見合わせたときだ。

「さように私を困らせて、楽しいのですか？」

大きくはないが、やけに鋭い女の声が聞こえた。

驚いてあたりを見回すと、はす向かいの渡殿に勾当内侍が立っていた。かなり暗くなっているが、灯篭《とうろう》の明かりと声ではっきりと分かった。そして高欄《こうらん》を挟んだ下には、紺《こん》色の狩衣《かりぎぬ》を着た尚鳴が立っていた。

いままさに考えていた相手の登場である。

伊子は衣の音を立てないように近寄り、柱の陰から彼らの会話に耳をそばだてた。糸でつながれたかのように、嵩那もあとについてきた。

「困らせるなど、そのようなつもりはありません」

きっぱりと尚鳴は言った。

「私は左大将に思い知らせてやりたいだけです。寄《よ》る辺《べ》のない女人《にょにん》に一方的に別れを切りだすなど男のすることではありません」

おそらく左近衛大将の勾当内侍に対する仕打ちを言っているのだろう。

正論だが、いかにも若者らしい青臭《あおくさ》い発言である。

承香殿でもそうだったが、この少年はあんがいに自己陶酔《とうすい》型と見える。対して勾当内侍の反応は冷ややかだった。

「妻でない女とは、最初からそのような存在です」

勾当内侍は断言した。

「北《きた》の方《かた》（正妻）の気持ちになって考えれば、妻ではない女がそんなことを言うことこそ盗人猛々《ぬすっとたけだけ》しいというものです。それに恋人の場合、妻とちがって女の側から見限ることも自由なのですから」

突き放すように言ってのけると、勾当内侍は伊子達がいるのとは逆の方向に渡殿を歩いて行った。庭に残された尚鳴は急いで追いかけるが、勾当内侍はそのまま殿舎の中に入って行ってしまった。

「……強い」

たった一言、嵩那が口にした言葉はまさにそれに尽きた。

伊子のように身分が高い女は、最初から正妻になることしか考えていない。

しかし勾当内侍のような中級の身分、あるいはそれよりも身分の低い女はかならずしもそうはならない。特に相手の男の地位が左近衛大将のように高ければ、正妻にむかえることはまず不可能である。

持って生まれた気質はもちろんあるのだろうが、それ以上に環境が育《はぐく》んだ勾当内侍の強さを伊子は痛感した。

それはともかくとして――。

「あの二人、どういう関係なのでしょう?」

ぽつりと嵩那が言った。伊子はうろんげな目のまま問い返した。

「……宮様は、どう思われますか」

「答えてもよろしいですか?」

嵩那の確認に伊子はこくりとうなずいた。

「その、私には恋人同士のように見えるのですが……」

遠慮がちな嵩那の意見に、伊子はがっくりとうなだれるようにうなずいた。

まさかとは思うが、そう考えると先ほどの推察がすべて嵌《は》まるのだ。

もしもあの二人が恋人同士だとしたら、尚鳴がしつこく柳雪を左近衛大将に戻そうとしていた理由も分かる。

恋人の元恋人への嫌がらせか、あるいは勾当内侍のための復讐《ふくしゅう》だ。

手離した笛がそのたびに自分のもとに戻ってくる。そんな怪奇が身に起きれば、普通は震え上がる。元来が楽天的な左近衛大将には、あまり効き目がなかったようだが。

ならば承香殿での情熱的な言葉は、すべて勾当内侍にむけた言葉だったのだろうか。

熱烈な言葉の数々を重くて怖いと感じた伊子には、つぶれた油虫を見るようなあの勾当内侍の表情も分かる気がするのだ。若い女ならともかく、三十を過ぎた女にあの言葉は重すぎる。こうやって突き詰めてゆくと、どんどん事情が合致はしてはゆくのだが――。

（十八歳差……）

十六歳よりさらに二つ上回る年齢差に、伊子はかなり動じていた。

自分が言うのもなんだが、十二支を回ってさらに半分過ぎた年齢差である。こうやって他人事《ひとごと》として見てみると、やはり不自然であることは否《いな》めない。

「柳雪の騒動が、尚鳴の仕業だとしたらどうしますか？」

嵩那の問いに伊子は渋い表情のまま言った。

「どうするのかは、私ではなく左大将が決めることだと思います」

もちろん明るみに出た場合の話だ。

左近衛大将があの調子であれば、敢《あ》えて真相を告げる必要はないかもしれない。もちろん尚鳴が、これ以上悪さをしかけなければという前提だが。

「しかし尚鳴は、あの調子では反省はしていないようですね」

苦々しげな嵩那の指摘は、伊子も気になるところだった。

勾当内侍に咎《とが》められている間の尚鳴は、どうしたって反省しているようには見えなかった。それどころか左近衛大将には、はっきりと敵意を示していた。勾当内侍本人が、微塵《みじん》も左近衛大将に対する恨みを見せないのとは対照的だ。それが若さゆえの純粋さ、潔癖《けっぺき》さなのかもしれないが、あまりにも剣呑《けんのん》だった。

(勢いに任せて、過激なことをしなければいいのだけれど)

最後まで勾当内侍は強気だったが、尚鳴を説得しきれたとは思えない。

漠然《ばくぜん》とした不安を抱く伊子に、ぼそりと嵩那はつぶやいた。

「当人達が終わった恋だと思っていても、残滓《ざんし》は影響しつづけるのですね」


日が完全に落ちて、秋の夜空に丸々と肥《こ》えた月が上がっていた。

秋の最中、中秋《ちゅうしゅう》の名月《めいげつ》は一年のうちでもっとも美しい月とされている。

清涼な風が吹く中、遠くで鈴を鳴らすような虫の音が響いてくる。篝火《かがりび》に照らされた清《せい》涼殿《りょうでん》前の萩の花が、秋風に吹かれてかすかに揺れ動いた。

「今年は、萩が大変に美しく咲いているね」

清涼殿の西側の壺庭《つぼにわ》には萩の植え込みが造られており、この季節には白や薄紅《うすべに》の花がほころんでいる。薄い色のその花弁は、赤々と燃える篝火に照らされて幽玄《ゆうげん》に染められていた。

腕自慢の公卿《くぎょう》や殿上人達《てんじょうびと》が琴《こと》や笛、あるいは催馬《さいば》歌の披露をはじめる。篳篥《ひちりき》や笙《しょう》、笏《しゃく》拍子《びょうし》等で伴奏を受け持つのは、庭に控えた楽所の伶人《れいじん》達であった。

葡萄《えび》染めの五衣に白の綾織の唐衣《からぎぬ》をかさねた伊子は、帝の付近に伺候《しこう》しながら楽の音色に耳を傾ける。その少し離れた場所に控える勾当内侍は、山吹《やまぶき》色の五衣に、鳥ノ子《とりのこ》色の唐衣をあわせている。落ちついてやさしい色合いは、彼女の気質によく似合っていた。

酒もよい具合に進み、みながほろ酔い気分になった頃だった。

頃合を見計らい、蔵人頭《くろうどのとう》が帝に尋ねた。

「ではそろそろ、主上《おかみ》のご所望《しょもう》の者を参らせましょうか」

月は天頂で冴え冴えとした輝きを放ち、まさに絶好の舞台とも言えよう。

肌理《きめ》細やかな白い頰《ほお》を酔いでうっすらと染めた帝は上機嫌でうなずき、蔵人頭は舎人《とねり》にその旨《むね》を申しつけた。

やがて豊かに繁《しげ》る萩の植え込みの前に、龍笛を手にした尚鳴が現れた。

ひと目を惹《ひ》く顔立ちに、すっとした立ち姿に宴《うたげ》の参加者は感嘆《かんたん》の息をつく。

「お呼びと聞きまして参上いたしました」

「よくぞ参った。いまをときめくそなたの笛の音を、主上が是非《ぜひ》にとご所望《しょもう》であるぞ」

蔵人頭の言葉に、尚鳴は少し落とした声で「もったいない」と返した。伊子はちらりと勾当内侍に目をむける。彼女は少し気が張ったような面持《おもも》ちではあったが、特に動揺《どうよう》したようすではなかった。

なんでも好きなものをと言われた尚鳴が選んだ曲は『酒胡子《しゅこうし》』であった。

この選曲に、人々は笑いだした。

酒胡子は、そのまま酒盛りのときも奏する曲とされているからだ。もしくは唐の曲芸とも言われている。軽やかな旋律で奏でられる曲で、場にふさわしい選曲といえよう。

月明かりと篝火の二つの明かりに照らされて、尚鳴は軽快に笛を奏でつづける。

心地よい秋の夜風が吹く中、冴え冴えと光る月明かりを頼りに酔漢《すいかん》は千鳥足《ちどりあし》で歩く。さわさわと揺れる尾花《おばな》の揺れる音に紛《まぎ》れ、くすくすと人を笑うように虫の鳴き声が聞こえてくる。そんな楽しい秋の宴の帰り道――。

「皆様、どうぞあまりきこしめしませぬように」

笛を吹き終えたあと、にっこりと笑みを浮かべて尚鳴は言った。

洒落《しやれ》のきいたこの演出に、人々は一瞬きょとんとしたあといっせいに破顔《はがん》した。もちろん帝もその一人で、彼は自分と同じ年頃の少年に言動にひとしきり笑い転げたあとおもむろに言った。

「これは、噂《うわさ》にたがわず見事な腕前だ」

もちろん帝の声は、壺庭に立つ尚鳴にまでは聞こえていない。帝が直に声掛けをするのは、よほど身分が高い相手か相応の功績のあった者に対してのみである。とはいえ演奏は期待以上のものだったとみえて、帝は尚鳴に褒美《ほうび》として衣を下賜《かし》した。これで尚鳴は、帝の覚え目出度《めでた》い伶人となったことだろう。

それからまもなくして、伊子は席を立った。

話題をさらいすぎて尚鳴はとうぶん宴の席から離れられそうもないが、その前に承香殿に戻って彼を待てるようにしておこうと考えたのだ。尚鳴に尋ねることを少し整理もしておきたかった。

承香殿の簀子《すのこ》に上がったところで、後ろから嵩那に呼び止められた。

「尚鳴の周りを囲んでいた者達もだいぶん引きましたので、もう少ししたら来るのではないかと思います」

そう嵩那が言ったときだった。

「旭子《あさこ》殿」

聞き覚えのある声に、伊子達は声がしたほうに目をむけた。

するとと少し前に伊子が通ってきた渡殿に、勾当内侍《こうとうのないし》と彼女を追いかけてきた左近衛大将の姿が見えた。清涼殿にも通じている、弘徽殿と麗景殿《れいけいでん》をつなぐ渡殿である。この渡殿は承香殿の北簀子と平行な形で通されている。

伊子の嵩那は目を見合わせたあと頷《うなず》きあい、二人並んで弘徽殿側にむかって北簀子を進んだ。最端の丸柱の陰に座りこんで身をひそめ、勾当内侍達のようすをうかがう。滝口《たきぐち》を挟んでむかい側に彼らは立っていた。夜ということもあって、伊子達に気づいていないようである。

「待ってくれ。あなたに是非とも詫《わ》びたいことがあったのだ」

息を切らしながら左近衛大将は言う。

曰《いわ》く付きの笛を押しつけたことかと思ったが、彼の口から出た言葉はちがっていた。

「私は当座の生活のためにと思いいくらかの品を用意したが、にもかかわらずあなたが困《こん》窮《きゅう》していたと聞いた」

「あ、そのことですか……」

ぎこちなく勾当内侍は答えた。左近衛大将の勢いに押されている、というかはっきり言えば持て余しているように見えた。

「つまり、あれではまったく足りなかったのだな」

「え？」

「すまなかった。人からもよく言われるが、私はどうやら世間知らずらしくてそのあたりの感覚がずれていたのかもしれない。おくゆかしいあなたのことだから、これではとうてい足りないとは言えなかったのであろう」

自分が世間知らずであることを、左近衛大将が認識していたのは意外だった。

とはいえ左近衛大将は一般的な常識等は分かっているし、ちがう世界の人達に考えが及ばないのは、身分の上下にかかわらずたいていの人間がそうだ。左大臣《さだいじん》の大姫、二品の親王という高貴な立場にある伊子と嵩那とて同じことだ。

「左大将様、そのようなことはけして——」

「分かっている。あなたがどんな思いで、私が授けた笛を手離したのか。慎《つつし》み深いあなたのことだから、きっと心苦しく思ったことだろう」

伊子と嵩那はたがいにあきれ果てた表情で、目を見合わせた。

左近衛大将は世間知らずというよりは、自分の思いこみをほぼ疑わないので、結果として人の話をきちんと聞かないというだけなのだろう。あるいは人の話を聞かないから、自分の思いこみを疑う余地がないのかもしれないけれど。

（千草がこの場にいたら、どんな暴言を放つことやら）

想像すると怖くはあるが、ちょっと聞いてみたい気もする。別れた男など塵芥《ちりあくた》と同じだと切り捨てた千草であれば、耳にしたら左近衛大将が二度と立ち上がれなくなるぐらいぼろ糞《くそ》に言ってのけるのかもしれない。

「左大将様、さようなことは――」

「私を許して欲しい、旭子」

左近衛大将の大きな手が、勾当内侍の肩をつかんだときだ。

「母様にさわるな!」

絹を裂くような甲高《かんだか》い声に、篝火《かがりび》の炎さえびくりと震えたように見えた。

見ると勾当内侍達が立つ場所から少し離れた、高欄《こうらん》を挟んだ庭に尚鳴が立っていた。

予想外の人物、いや来ることは分かっていたから、予想外の言葉に伊子はしばし呆然《ぼうぜん》となる。

(か、母様!?)

この状況で尚鳴が母と呼ぶ人物は勾当内侍しかいない。

つまりこの二人は恋人同士ではなく、親子だったというわけだ。

しかし勾当内侍に子供がいるなど、誰も言っていなかった。だが恋人がいるという噂も伊子だけが知らなかったから、二人が親子だというのもひょっとして周知のことだったのだろうか。

(だけどそれなら、尚鳴が評判を取ったときにその話が出るわよね)

またもや自分が仲間はずれにされていたのかと危惧したが、それは杞憂だったようだ。

いや、問題はそんなことではなく――。

(ちょっと待って。尚鳴って、確か十五歳よね)

卯月《うづき》で十五歳になったと彼自身が言っていた。そして勾当内侍と左近衛大将が別れたのは十六年前だ。

どくんと鼓動がひとつなり、柱の向こうの三人に目をむける。

これまで穏やかに接してきた尚鳴のとつぜんの攻撃的な態度に、左近衛大将はひどくうろたえている。

「あ、旭子殿。これは……」

「母様の名を呼ぶな、けがらわしい！　身分の低い者とさげすんで、さんざん弄《もてあそ》んだあげく襤褸《ぼろ》切《き》れのように母様を捨て去ったくせに」

いや、そこまではしていないはずだ。伊子は心のうちで突っこんだ。

当事者二人の話を聞くかぎり、左近衛大将は勾当内侍を付きあっている間は恋人としてきちんと遇《ぐう》して、別れの時も一応因果《いんが》を含めたうえで、それなりの誠意を示しているはずなのに、どこでそんな話になったものなのか。この思いこみの激しいところは、誰かに似ている気がする。

「親子ですね、これは」

やけに確信めいた嵩那の言葉に、伊子は顔をむける。

「いい加減になさい！」

篝火を震わすどころか消しかねないぴりっとした声に、その場にいた者達の背筋がいっせいに伸びる。

「お父上にむかってなんという言いようですか」

あ、やっぱり。

伊子は丸柱をつかんだまま、がっくりと項垂《うなだ》れた。

自分の思いちがいが本当に恥ずかしくて、穴があったら入りたかった。

「ち、父上!?」

左近衛大将は頓狂《とんきょう》な声をあげた。

まあ、とうぜんだろう。

「この方は私の父などではありません！」

「生まれてきただけのお前が、なにを分かったことを言っているのです。産んだ私のほうが正しいに決まっているでしょう。この方はお前のお父様です」

むきになって反論する息子に、母は武則天《ぶそくてん》（唐王朝則天《そくてん》武后《ぶこう》・中国史上唯一の女帝）並みの威厳で言った。

正論である。子供の父親が誰なのかなど、女にしか分からない。子供はもちろん、男も絶対に分からない。たまに奔放《ほんぽう》な女人《にょにん》などが、誰の子だか分からないと悩むときはあるようだが。

「あ、旭子。これはいったい……」

左近衛大将は、もはやしどろもどろである。

彼からすればまさしく降って湧いた事態にちがいない。この状況では、さすがに左近衛大将のほうに同情する。

しかしこんな場所で、いつまでも親子喧嘩《げんか》をさせるわけにもいかない。そう考えた伊子は、傍《かたわ》らにいる嵩那をちらりと見上げた。

嵩那は心得たものだった。彼は丸柱から離れると、しずしずと渡殿《わたどの》を進み出た。

「お三方」

呼びかけに渦中《かちゅう》の三人はいっせいに嵩那のほうをむいた。そしてその後ろで扇《おうぎ》を広げる伊子へと視線を動かす。勾当内侍と尚鳴も驚きはしていたが、特に左近衛大将はまるで魂が抜けたかのように呆《ほう》けてしまっている。色々と衝撃的過ぎて、どうやら理解が追いついていないようだ。

（しっかりしてくださいよ！）

伊子は心中で、左近衛大将をどやしつけた。

過去の恋の残滓《ざんし》をしっかりと片付けるのは、これからである。この先の話の次第によっては、精魂まで尽き果てるやもしれぬのだから。

気持ちを引き締めると、伊子は一歩進み出た。

扇のむこうに、三人の困惑の視線をがっちりと感じる。

「積もる話もあるでしょうから、中でお話をいたしましょう」

そう言って伊子は、自らの殿舎を指差した。


千草以外の女房達を下がらせた承香殿の南廂《みなみひさし》で、ひとまず勾当内侍の話から聞くことにした。常であれば伊子だけでも御簾《みす》内の母屋《もや》に入るのだが、今回はあまりに人間が多く御簾越しでは状況がつかめそうもないので、几帳《きちょう》を隔《へだ》てて話をすることにした。伊子の側には勾当内侍と千草が、帳《とばり》のむこうには嵩那をはじめとした男性陣が座っている。

「申し訳ありません。柳雪は手離してなどおりませんでした」

左近衛大将にではなく、むしろ伊子に対して勾当内侍は頭を下げた。確かにその件にかんしては、柳雪は売り払ったと彼女は嘘をついた。

しかしその件については、ある程度伊子も予想していた。

「では柳雪は、あなたから尚鳴に譲《ゆず》っていたというわけね」

「はい。この子が物心ついたときにはすでに。女子《おなご》が笛を持っていても宝の持ち腐れですから。幸いにしてこの子は人より音楽の才に恵まれて、名笛に見合う音色を奏でられるようになってくれました」

そう言って勾当内侍は几帳の先に視線を移す。ほころび（のぞき穴）から見ると、尚鳴はふてくされた顔でそっぽをむき、左近衛大将は戸惑いがちに尚鳴に見つめている。そして嵩那は、二人の間で途方にくれたように両者を見比べていた。

「それでは左近衛大将の笛をすりかえたのが、尚鳴だと最初から――」

「はい。ですから尚侍《かん》の君《きみ》が、この子に聞き取りをするとおっしゃったのを聞いて、心配になって様子を見に来たところでした。誠に申し訳ございませんでした」

勾当内侍は深々と頭を下げた。

「母様は悪くありませぬ！」

「いいから、お前は黙っていなさい！」

母親をかばおうとした尚鳴を、容赦《ようしゃ》なく勾当内侍は叱《しか》りつけた。一般に母親は息子に甘いと聞くが、ここはどうやらそうではないらしい。それでも時にはとろけそうな表情で息子からの文を見ていたというのだから、可愛《かわい》くて心配であることはまちがいないのだろう。

その文も、どこからか流れてきたという妙なる笛の音も、ようは息子である尚鳴のものだったのだ。そして嵩那に問われたときの尚鳴のあの情熱的な返答は、恋人ではなく母親を想定してのものだった。だとしたら勾当内侍でなくとも、まともな母親なら息子の将来を心配してあんな顔にもなるだろう。

今度は几帳のむこうで、嵩那が問いかけた。

「しかし尚鳴。なにゆえそなたは五度にも渡り、左大将のもとに柳雪を忍ばせたのだ」

「このお方の笛など、持っていたくなかったからです」

左近衛大将のほうに視線をむけて、尚鳴は声を荒げた。

大変な嫌われぶりだが、当の左近衛大将は呆然《ぼうぜん》とするあまりほとんど突き刺さっていないようだった。不幸中の幸いかもしれないが、身分差を考えれば大変な非礼である。

一応咎《とが》めるつもりで、伊子は口調をきつくした。

「ならばかように手の込んだ真似《まね》をせずとも、捨てればよかったのではありませぬか」

「いくらなんでも、伶人《れいじん》にさような真似はできませぬよ」

嵩那の言葉に、伊子は失言をしたとでもいうように口許《くちもと》を押さえた。

確かに楽を生業《なりわい》にする伶人として、いかなる経緯があろうと楽器、しかも名笛と謳《うた》われた一品を捨てるなど耐え難いはずだ。

尚鳴はなにも言わなかったが、反論しないということはそれで正解なのだろう。

「それにしても五回も試みるとは、そなたもずいぶんと辛抱《しんぼう》強いな」

半ば呆《あき》れたように言う嵩那に、尚鳴は苦々しい顔で反論した。

「私とて、五回も忍ばせることになるとは考えてもおりませんでした。左大将様が相撲節《すまいのせち》会《え》で柳雪だと認識された段階で、ご自分のものとして受け入れるだろうと思っていましたから」

「うん」

「ところがどういったお心積もりなのか、私に授けるなどと。それでこちらもなんとか受け取ってもらわねばならないと意地になって」

「それで、そのあと四回も挑戦したのか」

「……はい」

「悪巧みなどしょせん成功しないということです」

几帳越しに勾当内侍がぴしゃりと叱りつけると、それまでの強気が嘘のように尚鳴はしょぼくれた。

そして同じように、伊子もしょぼくれていた。

尚鳴が犯人ではというところまでは当たっていたが、動機がまったくちがっていた。

それはそうだ。勾当内侍との関係性について、親子を恋人と思いこむという致命的な間違いを犯していたのだから。

いまになってみれば、なぜ恋人同士などと思ったのか自分でも分からない。年齢差を考えれば、普通は親子だと思うだろうに。

どうやら自分でも気づかないうちに、感覚が色々とずれてきているようだ。そのずれた感覚は、他人からみればさぞ痛々しく映ることだろう。十五歳と三十三歳で、親子よりも先に恋人を連想するなんて本当にどうかしている。

実はそのことに、伊子は一番へこんでいたのだ。

「大君《おおいきみ》、あまりお気になさらず。私も同じように誤解をいたしましたから」

ぼそりと嵩那が言った。

ということは、嵩那もずれてきているのかもしれない。

「……なぜ、子ができたと知らせてくれなかったのだ」

ここにきて、はじめて左近衛大将が口を開いた。彼は承香殿に入ってからとまったく口を利《き》いていなかったのだが、ようやくわれを取り戻したらしい。

「二年と立たずに困窮《こんきゅう》してしまったのは、子を育てるためであったのだな」

「……さようでございます」

「なぜ申さなかった。身籠《みご》ったことを知らせてくれれば――」

「それを知ったときの北の方様が、いかようにお感じになられるとお考えですか？」

勾当内侍の答えに、左近衛大将のみならず伊子も嵩那も息を吞《の》んだ。

そうだ。当時の左近衛大将の北の方は、流産という悲劇に見舞われていた。左近衛大将は傷心の妻を気遣って、勾当内侍に別れを切りだした。それを勾当内侍が素直に受け入れたのは、彼女に北の方に対する思いやりがあったからに他ならない。

左近衛大将はふたたび呆然となった。

重苦しくなった空気の中、彼は絞《しぼ》りだすように言った。

「……すまぬ。私が浅はかであった」

勾当内侍はゆっくりと首を横に振った。几帳を隔てて、そのうえ項垂《うなだ》れていた左近衛大将がそれに気づいたのかは分からない。しかし勾当内侍は伊子の横で、間違いなく笑みを浮かべていた。

「しかたがありませぬ。私は子を失った北の方を、周りの迷惑も考えず必死に励《はげ》まそうとなさる、そんな左大将様の浅はかなお人柄を愛《いと》おしく思っていたのですから」

ほろ苦い思いが伊子の胸にこみあげた。

そうして勾当内侍は一人で子を育てる決意をし、出仕をはじめた。

十数年の歳月を経て、彼女はたたきあげの辣腕《らつわん》女官となった。

本当に惚《ほ》れ惚《ぼ》れ惚れする生き様だと、伊子は感じた。

「とはいえ私ももちろん、いつかは左大将様に知らせるべきだと考えてはいたのですが」

そこで勾当内侍はいったん言葉を切り、几帳の先に目をむけた。

「尚鳴が嫌《いや》がって……」

「母様を卑しめた人など、顔も見たくありませぬ！」

それまでのしんみりした空気を吹き飛ばすように、尚鳴は声を荒げた。

「だから左大将様はさようなお方ではないと、何度言えば分かるのですか！」

負けじと勾当内侍も声を大きくする。

本当に彼女の言うとおりだ。他人様《ひとさま》の子供をとやかく非難したくはないが、人の話を聞かないにもほどがある。

（うん。まちがいなく、父親似ね）

しかしこの父親に対する強い憎悪は、いったいどこで培《つちか》われたのか。

勾当内侍が左近衛大将の悪口を言ったとは思えないから、あるいは周りの人間がそんなことを吹きこんだのだろうか。

「私の親は母様だけです。左大将様の助けなど借りずとも、私が生涯《しょうがい》通してお守りいたしますので、母様もご安心ください」

「大きなお世話です。私を誰だと思っているのですか。女手ひとつでそなたを守り、育て上げたのは私です。子の助けなど借りずとも、自分の身ぐらい自分で守れます。そなたはさっさと私など放って、生涯《しょうがい》通して守りたいと思う姫君を探していらっしゃい」

儒家《じゅか》からは絶賛されそうな尚鳴の母孝行の言葉を、勾当内侍は一蹴した。まあ父親をないがしろにしている時点で、儒教《じゅきょう》の点では失格なのだが。

「姫様、これはきっとアレです」

それまで黙っていた千草がにじりよってきて、そっと耳打ちをした。

「アレ？」

「男の子が母親を慕《した》うあまり、父親を憎悪するというのは古今東西ありうる話ですよ」

伊子は目を円くする。

「あと女の子が父親を慕う反動で、母親を憎悪するというのもあります」

これ以上ないほど目を見開いたあと、伊子は心底げっそりとした。

いや、絶対におかしいだろう。御匣殿《みくしげどの》・祇子《まさこ》もそうだったが、近ごろの若い人達は色々と愛情の持ち方を間違えているのではないか。

どこまでもつれない母親を説得することは諦めたのか、尚鳴は次に左近衛大将にむきなおった。

「さようなわけです。私は母様だけいてくれれば他にはなにも必要ないのです。はかなくなるまで母様と二人で暮らします」

どうやら先刻まで母親の叱責《しっせき》は、まったく彼の心には響いていないようである。

二人で暮らすとは言うが、そもそも勾当内侍は宮仕えをしているのだから、親子はわりと早くから離れて暮らしていたはずなのだが。

いまになって伊子は、勾当内侍がつぶれた油虫を見るような顔でわが子の告白を聞いていたことを思いだした。母親として息子のこの言動は、嬉しいよりも不安でしかないのかもしれない。

「だがそなたがどう思おうと、私の子であることに変わりはない」

重々しく左近衛大将が言った。

これまでのうろたえたものとは打って変わったしっかりとした口調に、それまで感情的に声を荒げていた尚鳴はおびえたようにびくりと肩を揺らした。

「そなたが私の子だと分かった以上、もはや知らなかったことにはできない。そなたは私の唯一の子として、私のものを受け継ぐ権利がある。それは妻への誠意とは別の話だ」

そう語ったあと左近衛大将は、勾当内侍のほうを見た。

「了解してくれるな、旭子殿」

「左大将様の御心のままに」

「母様！」

尚鳴は悲鳴をあげたが、勾当内侍は最初から聞く耳を持たないようだった。

確かに貴族社会の事情に詳しい彼女であれば、いずれこの尚鳴の背にかかってくる様々な宿命を、ある時期から覚悟していたのかもしれない。

この少年は先の内大臣の孫で、臣下としては唯一の帝の御従弟《おんいとこ》なのだから。

四面楚歌《しめんそか》状態を感じとったのか、尚鳴はうろたえたように周りを見回す。毅然《きぜん》と突き放した母親の前で、彼に声をかけたのは父親・左近衛大将だった。

「尚鳴」

呼びかけに尚鳴は、観念したようにのろのろと顔をむけた。

左近衛大将は、まるで十五年の年月を取り戻そうとするようにじっくりと息子の顔を見つめた。

性格は困ったものだが、やはり美しい少年だと伊子は思った。

勾当内侍も左近衛大将もそれなりの美形だったが、この尚鳴という少年は、二人のよいところばかりを合わせたような際立《きわだ》った姿形をしていた。

それに従兄弟《いとこ》という関係だからなのか、少し帝に似ているようにも思えた。

「私が浅はかであったために、そなたとそなたの母親には大変な苦労をかけた。これから父親として償わせて欲しい」

そう言って左近衛大将は深々と頭を下げた。

尚鳴は絶句し、そのまま返事をしなかった。できなかったのかもしれない。しかし左近衛大将も、まるで根競べのように頭を上げようとしなかった。

どれくらいそうしていただろう。

「尚鳴」

沈黙を破るように、嵩那が呼びかけた。

尚鳴はうつろな表情のまま嵩那のほうをむき、左近衛大将もようやく頭を上げた。

「そなたも男であるのなら、いずれ分かると思う。十月十日の間、おのれの腹で子を育《はぐく》む女とちがい、男はわが子の姿を目にせぬと父親にはなれぬのだよ」

なんだか敗北宣言でもするように嵩那は言った。

確かに女は腹の子の成長とともに母親の自覚を育ててゆくが、男にはその期間は与えられない。うがった見方をすれば、確かな確証もないまま父親であることを求められてしまう生き物なのだ。ならば親としては女より未熟であることがあたり前で、だからこそ親となるための時間がより必要なのだと嵩那は言うのだ。まして今回の場合、左近衛大将は恋人が自分の子供を身籠《みご》っていたことすら知らなかった。

だが左近衛大将は動じながらも、とつぜん突きつけられた父親として立場を受け入れて責任を果たそうとしている。迂闊《うかつ》であろうとうっかりであろうと、彼は三十五歳の大人の男だった。

唇を一文字《いちもんじ》に結んだままの尚鳴に、諭《さと》すように穏やかな口調で嵩那は言った。

「だから左大将に父となるための猶予《ゆうよ》を、せめて十月十日《とつきとおか》与えてやってくれまいか」

騒動から数日後。左近衛大将は、尚鳴が自分の息子であることを世間に公表した。

庶出《しょしゅつ》とはいえ三位の公卿《くぎょう》の唯一の子息で、しかも帝の従弟にあたる少年である。いくらなんでも楽所の伶人《れいじん》に留めておくわけにはいかない。近々のうちにふさわしい冠位が与えられることは確実だった。

住まいのほうも、これまでの北小路から先の内大臣が所有していた三条大路《さんじょうおおじ》沿いの邸宅に移ることとなった。ちなみに現在の住居は勾当内侍《こうとうのないし》の実家で、尚鳴はそこで身の回りの世話をする下仕えの者と暮らしていたのだという。

その日の夕刻。

承香殿に戻って千草と雑談を交わす伊子を、勾当内侍が訪ねてきた。

彼女は先日より急遽暇《きゆうきよ》を取っており、ちょうど戻ってきたところだった。尚鳴の転居を受けて、息子の身の回りと実家の整理のために里帰りをしていたのである。

「留守中はお世話をかけました。ただいま戻りましてございます」

「お帰りなさい。事はつつがなく終わったのかしら」

「はい。色々とごねてはおりましたが、とりあえず叩きだしました」

さばさばと述べたあと、勾当内侍はふっと口をつぐんだ。そうやってしばらく間をおいたあと、ひとつため息をついた。

「少々、気抜けいたしましたわ」

伊子と千草は目を見合わせる。

なんのかんの言っても、母として寂しさややりきれなさは消せないのかもしれない。

特に十四歳の息子がいる千草には共感できる部分が大きいようで、彼女は身を乗り出すようにして言った。

「そのうち慣れますよ。ですがこういうときの母親って、心に一気にどっと来るから気をつけてくださいね」

「ありがとうございます。なんとかあの子を私から離さないと大変なことになると思っていたので、ほっとはしているのですがね」

そりゃあそうだろう。子のない伊子とて、あれが普通でないのは分かる。

ほどなくして気を取りなおすと、勾当内侍は伊子の前に手をついた。

「尚侍《かん》の君《きみ》には、今回の件はまことにご面倒をおかけいたしました」

「気になさらないで。もうすっかり落ちついたのかしら？」

伊子の問いに、勾当内侍はふたたび口をつぐんだ。

「いえ、それが」

「どうかしたの？」

ひどく歯切れ悪く、勾当内侍は口ごもる。

「……実は左大将様が、ふたたび」

「!?」

伊子と千草は、同時に目を見張った。

よくよく話を聞いてみると、なんと十六年の時を経て、左近衛大将がふたたび文を寄越してきたというのだ。

「なにをお考えなのでしょう。別れた男なんて塵芥《ちりあくた》に過ぎないのに」

憤慨《ふんがい》する千草に悪意はないのだろうが、いちいち心に突き刺さる。

ひょっとして乳姉妹《ちきょうだい》として、婉曲《えんきょく》に嵩那への想いを諦めさせようとしているのだろうかとうがって見てしまう。いくら千草相手とはいえ、さすがに嵩那への現在の具体的な想いは教えていないが、始終ともにいる立場として薄々勘付いてはいる気もするのだ。

言い訳ともつかぬ思いが、言葉になって口からこぼれた。

「……恋の残滓《ざんし》とは、容易に消えないものね」

左近衛大将も、そして自分も──。

御所に上がった当初のように、自身の嵩那への思いを否定しようとは思っていない。けれど千草や勾当内侍の潔《いさぎよ》さを見ていると、少々自己嫌悪を覚えてしまう。

「ちがいます。やけぼっくいではなく、新しい恋が芽生《めば》えたそうです」

勾当内侍の言葉に、伊子はひょいと顔を上げた。無意識のうちにうなだれていたようだった。

「え？」

「その、私は貴女《あなた》に二度目の恋をしたと言われまして……」

気恥ずかしがっているとも、うんざりしているともつかぬ顔で勾当内侍は言った。

伊子には、それを語っているときの左近衛大将の顔がありありと想像できた。きっと自分の言葉に酔いしれて、それこそ陶酔《とうすい》しきっているにちがいない。尚鳴を諭していたときはその潔さと落ちつきを見直したが、やはり左近衛大将は左近衛大将だった。

「あら。それなら、よろしいじゃございませんか」

あっけらかんと千草が言った。

どういう変わりようだと、伊子は疑わしい目で乳姉妹を見やった。

「別れた男なんて、塵芥なんじゃなかったの？」

「もちろん。ですが新しい男は黄金ですよ」

「……………」

「せっかく見つけた黄金を、諦める必要などないですからね」

乳姉妹の言葉は、伊子の憂鬱《ゆううつ》をとりはらうように晴れ晴れとしたものだった。

きょとんとする伊子に、千草は悪戯《いたずら》めいた表情で微笑《ほほえ》みかけてきた。

伊子は目を瞬かせたあと、静かに苦笑した。

そりゃあ口に出さなくても勘付いているだろう。なんといっても、三十二年間も一緒にいる乳姉妹なのだから。

「そんなものですかねえ……」

乳姉妹の秘密のやりとりに気付かないまま、勾当内侍がぼやいた。

瑠璃《るり》色の夜空には、玻璃《はり》を打ち砕いたような星々がきらめいていた。

新月であった。観月の宴《うたげ》からゆっくりと欠けはじめた月は、あたかも星のまばゆさにかき消されてしまったように、その姿を星々の間に埋もれさせてしまっていた。

「ならば尚鳴は、左大将の北《きた》の方《かた》との面会を無事に済ませたのですね」

渡殿《わたどの》で話を聞き終えたあと、伊子は横にいる嵩那を見上げた。

壺庭《つぼにわ》には篝火《かがりび》に照らされた曼殊沙華《まんじゆしやげ》の花が、幽玄《ゆうげん》に浮かびあがっている。

「ええ。北の方もわだかまりはあるでしょうが、それでもご自分が子を失ったときの左大将の親身な態度と、勾当内侍の心配りを聞いていらっしゃるので、非常に穏やかに終わったそうです」

「それは良かった」

伊子は胸をなでおろした。

身分のある男が複数の女人《にょにん》を持つのは世の常だが、さりとて妻からすれば穏やかであるはずがない。まして自分が持つことの叶わなかった子を夫の他の女が持ったとなれば、それこそ唐の后《きさき》のように鬼にもなっても不思議ではなかった。

今回はその事態だけは、避けられたようだ。

「それで左大将は、いま勾当内侍に言い寄っているそうですね」

嵩那のぼやきに、伊子は苦笑いで返した。どうやら殿方《とのがた》の間でも、すでに話題になっているらしい。

いずれにしろ尚鳴の父と母として、二人は今後も関係を切るわけにはいかない。それを北の方がどう感じるのかなど、伊子にはとうてい想像ができなかった。

「二度目の恋か……」

ぽつりと嵩那がこぼした。

伊子が顔をむけると、嵩那は灯籠《とうろう》を眺めたままくすっと声をたてて笑った。

「うまいことを言う」

扇《おうぎ》の上で、伊子は目を瞬かせた。

嵩那は灯籠にむけていた視線を動かすと、ひたりと伊子を見据えた。そうしてしばしの見つめあいのあと、嵩那はおもむろに口を開いた。

「以前、御匣殿にたいする主上《おかみ》のお気持ちについて話したことを覚えておられますか？」

伊子はうなずいた。

帝が祇子に関心を示しているという伊子の思いこみを、嵩那は否定した。

宣耀殿《せんようでん》だろうが埋もれたりつる登花殿であろうが、それどころか、たとえ千里の道で隔《へだ》てられた場所でも関係がない。本当に好きな人がいるのなら、その程度のことで気持ちが動くはずはないと嵩那は言ったのだ。

「ええ、覚えております」

あの夜、伊子は帝の真摯《しんし》な想いをまざまざと突きつけられた。そのうえでなお応えられない心苦しさに途方に暮れた。そしてそれ以上に、先の見えない自分の嵩那への想いに不安を覚えたのだった。

十三日の小望月《こもちづき》であった。あともう少しで望月になれるのに、未だ満たされきれない十三夜月のもどかしさに打ち震えそうになった。

そうだ。あれはそんな夜であった。

思いだしてふたたび、行き場のないやるせなさが胸にあふれてくる。

伊子は救いを求めるように、夜空を見上げた。

この思いをどうしたらよいのか分からない。満ちた月どころか今宵《こよい》は月隠《つきごもり》だ。かけらの光さえ見えない。

「――私も、あれから考えました」

静かに告げられた言葉に、伊子は夜空から視線を動かした。

「それであらためて感じました。本当に相手のことを好きになれば、たとえ千里の道で隔てられようと諦められるものではないのだと」

淡々と述べる嵩那の真意が、伊子にはつかめなかった。

それは帝の気持ちを語っているのか、それとも嵩那自身の気持ちを——。

「主上は聡明なお方です」

鋭利な刃物に触れたような痛みに、伊子は息をつめる。

だから帝に仕えるべきだと、嵩那までもそう思っているのか？

すがるとも絶望ともつかぬ思いで目をむけると——こちらを見つめる嵩那の表情は、月のように静かな自信をみなぎらせていた。

「？」

「あのお方は先帝とはちがいます」

伊子は目を瞬かせた。

今上《きんじょう》の祖父にあたる先帝は、苛烈《かれつ》な気性で多くの人の思いを踏みにじった。彼の息子である先の東宮《とうぐう》は、唯一愛した女性との仲を引き裂かれて失意のうちにはかなくなられた。

両親の無念や複雑な感情を知っている今上は、けして祖父と同じ轍《てつ》は踏まないだろう。

忙しなく打ちつづける自身の鼓動を感じる伊子に、嵩那ははっきりと告げた。

「だから私は、諦めませぬ」

ゆらゆらと揺れる篝火の炎が、嵩那の白い面輪《おもわ》を幽玄に照らしだしている。柔らかな明かりを映しこんだ彼の黒曜石《こくようせき》のような瞳には、炎のように消えることなどなさそうな強い光が宿っていた。

その瞳を見つめているうちに、伊子の心は不思議なほどに満たされていった。諦めなければと言い聞かせながら、どうあっても消すことができなかった想いは、実は諦めなくてもよいものなのかもしれない。

ここにきてはじめて、伊子はそう思うことができた。

自分達の間に存在している想いは、受け止めることも受け止めてもらうことも容易ならないものだ。

だというのに絶望や諦観《ていかん》ではなく、生きている証《あかし》のように感じられる。情熱と冷静さが絶妙に均衡を保つこの状況を、むしろ誇らしくさえ感じてしまう。

自然と表情が和《やわ》らぐ。

伊子は微笑を浮かべた顔をむけると、嵩那も微笑を返した。

今宵は隠れてしまっている月も、明日より満ちはじめてやがて望月となる。

だから、なにも怖がることはない。月は必ず満ちてくるものなのだから。

※この作品はフィクションです。実在の人物・団体・事件などにはいっさい関係ありません。

集英社オレンジ文庫をお買い上げいただき、ありがとうございます。
ご意見・ご感想をお待ちしております。

●あて先
〒101-8050　東京都千代田区一ツ橋2-5-10
集英社オレンジ文庫編集部 気付
小田菜摘先生

平安あや解き草紙
～その後宮、百花繚乱にて～

集英社
オレンジ文庫

2019年8月26日　第1刷発行

著　者　小田菜摘
発行者　北畠輝幸
発行所　株式会社集英社
〒101-8050東京都千代田区一ツ橋2-5-10
電話【編集部】03-3230-6352
【読者係】03-3230-6080
【販売部】03-3230-6393（書店専用）
印刷所　図書印刷株式会社

※定価はカバーに表示してあります

ISBN 978-4-08-680270-3 C0193

集英社オレンジ文庫

青木祐子

これは経費で落ちません!

(シリーズ)

これは経費で落ちません! ～経理部の森若さん～

入社以来、経理一筋の森若沙名子の過不足ない生活が、
営業部の山田太陽が持ち込んだ領収書で変わり始める!?

これは経費で落ちません! 2 ～経理部の森若さん～

他人の面倒ごとに関わりたくない沙名子が、ブランド服や
コーヒーメーカーを巡る女性社員の揉め事に巻き込まれて!?

これは経費で落ちません! 3 ～経理部の森若さん～

広報課の女性契約社員から相談を持ち掛けられた沙名子。
仕事が出来る彼女が一部で煙たがられる理由とは…?

これは経費で落ちません! 4 ～経理部の森若さん～

外資系企業出身の新人が経理部に配属された。ところが
率直な発言と攻撃的な性格で、各所で問題を起こして…。

これは経費で落ちません! 5 ～落としてください森若さん～

森若さんを時に悩ませ時に支える社員たちの日常とは?
経理、営業、総務、企画…平凡だけど厄介な社員の物語。

これは経費で落ちません! 6 ～経理部の森若さん～

美人秘書の副業調査中に突如浮上した企業買収疑惑。
いち社員として、沙名子には何が出来るのか…?

好評発売中

【電子書籍版も配信中　詳しくはこちら→http://ebooks.shueisha.co.jp/orange/】